삶과 문학의 경계를 걷다

삶과 문학의 경계를 걷다

김종회 문화담론

※
비채

1

한국문학의 새로운 지평

10 • 문화브랜드로 역사를 쓰다

14 • 디지털 시대의 생활문학, 디카시

18 • 한중 문화교류의 소중한 의미

22 • 모국어의 뿌리를 지키며

26 • 역사, 어떻게 기록될 것인가

31 • '제2의 한강'과 번역가의 집

36 • 한글문학, 해외에서 꽃피다

39 • 한국문학 세계화의 길

42 • 우리 문학의 새로운 흐름을 읽다

46 • 북한문학의 어제와 오늘

52 • 통일, '문화'에 답이 있다

2

책 읽는 나라, 책 읽는 국민

문학가로 살아온 값진 시간 • 58

개성, 황진이에서 홍석중까지 • 63

책은 펴기만 해도 유익하다 • 67

호생지덕(好生之德)의 글쓰기 • 71

고향을 생각하는 마음 • 75

'향토문학'의 길을 묻다 • 78

봄의 심성으로 정치를 한다면 • 89

소나기마을에서 문학의 미래를 보다 • 94

짧은 시, 긴 여운을 남기다 • 101

탄생 100주년, 한국문학의 큰 별들 • 107

내일이 없는 사람처럼 부지런하라 • 113

3 삶의 경륜, 문학의 원숙성

먼 북방에 잠든 한국의 역사 • 120

문명비평의 큰 별을 기리며 • 123

한 역사문학가의 아름다운 임종 • 128

삶의 경륜이 문학으로 꽃피면 • 133

고난을 기회로 바꾼 사람들 • 136

드림과 나눔과 섬김의 길 • 140

이 가을, 황순원 선생이 그립다 • 144

아직 남은 세 가지 약속, 시인 김종철 • 147

황순원과 황석영의 뜻깊은 만남 • 152

인사(人事)가 만사(萬事)다 • 156

시간을 저축해둔 사람은 없다 • 159

4

건전한 상식의 강인한 힘

164 • 미(微)에 신(神)이 있느니라

167 • 놀랍지 않으면 버려라

171 • 소신을 지키며 산다는 것

175 • 문학 가운데 '사람'이 있다

179 • 약한 것으로 강한 것을 이기려면

183 • 약속을 남발하는 나라

187 • 5차 산업혁명을 기다리며

191 • 교육 백년대계를 잊은 행정

196 • 부끄러운 부자들의 나라

199 • 건전한 상식이 재난을 이긴다

202 • 노블레스 오블리주를 상실한 시대

5

난국 앞의 지혜로운 리더

208 • 문학의 힘을 키우는 일은

212 • 400년을 가로지르는 혁신적인 글쓰기

216 • 낮은 곳으로 먼저 내려가라

220 • 역사를 읽지 않는 나라, 미래는 없다

224 • 낮고 겸손한 마음으로

229 • 존경받는 정치가가 있는 나라

233 • 우리는 여전히 '북핵'에 위험하다

238 • '일본군 성노예' 문제를 기억하라

243 • 한국 정치, 유머 감각을 배워라

246 • 역사의 거울, 광복 70년

249 • 옛 시에서 새 길을 찾다

한국문학의 새로운 지평

1

문화브랜드로 역사를 쓰다

디지털 시대의 생활문학, 디카시

한중 문화교류의 소중한 의미

모국어의 뿌리를 지키며

역사, 어떻게 기록될 것인가

'제2의 한강'과 번역가의 집

한글문학, 해외에서 꽃피다

한국문학 세계화의 길

우리 문학의 새로운 흐름을 읽다

북한문학의 어제와 오늘

통일, '문화'에 답이 있다

문화브랜드로
역사를 쓰다

우리 고향 고성에 설화로 전해지는 의기義妓 '월이'는, 이순신 장군의 당항포 해전을 승리로 이끈 결정적인 공로자였다. 다만 이 같은 역사적 사실이 공식적이고 객관화된 기록으로 남아 있지 않아서 현양사업이 활기를 띠지 못해 아쉬움이 크다. 그렇다고 해서 당대의 험난한 시대상 가운데 불우하고 연약한 한 여성이, 스스로 생명을 던져 나라를 위해 헌신한 고귀한 정신이 스러지는 것은 아니다. 문제의 핵심이 여기에 있다. '월이'의 공로를 현창하고 공익의 덕목을 본받는 것은, 단순한 역사 해석과 평가에 그치는 일이 아니라 후대가 마땅히 수행해야 할 책무다. 역사를 기록하는 사필史筆이나 그에 의미를 부여하는 문필文筆, 그리고 우리 시대의 관민官民 모두가 이 책임으로부터 멀리 있지 않다.

고성의 '월이'를 설화 속에서 불러내고 그 삶의 행적을 재구성하며 뜻을 기리는 일은 그다지 오래되지 않았다. 근년에 고성문화원과 고성향토문화선양회의 활동에 힘입어 '월이'의 재조명 운동이 본격화된 것은 참으로 높이 평가할 만한 국면의 전환이다. 고성에 거주민이나 고성 출신조차도 이 설화의 구체적 내용을 모르는 경우가 많았다. '월이'는 왜란 때 고성 무기정이라는 주점의 기생으로 왜국 첩자의 지도를 조작함으로써 병선兵船의 진로를 호도했다. 그 결과로 해전의 대승을 견인했으나 정작 '월이' 자신은 왜장의 칼 아래 목숨을 잃었다. 진주 의기 논개나 3·1운동 때 앞장섰던 해주 기생들과 같이 민족혼의 정화精華를 보였지만, 그 사실史實은 역사의 갈피 속에 묻혔다.

이와 같은 마당에 '월이' 현양사업을 새롭게 부양하는 데는 몇 가지 유의해야 할 대목이 있다. 먼저 이 소중한 설화가 그 존재 및 가치를 오늘의 현실 가운데 정초定礎하도록 사실성을 강화하는 일이다. 그러하기 위해서는 '월이' 담론을 증빙할 수 있는 자료를 모으고 이를 체계적이고 객관적으로 해석하여 그 정본을 확정해야 한다. 사료의 수집과 학술연구가 병행되어 설화가 역사로 납득되면 우리의 '월이'는 옛이야기 속에서 실존인물로 인정받아 오늘날로 걸어 나오게 된다는 뜻이다. 이 과정이 보다 확고하게 그리고 설득력 있게 추동되어야 그를 바탕으로 '월이'가 고성이 자랑하는 하나의 '문화 브랜드'가 될 수 있다. 그것을 고성 군민들이 가장 먼저 이해해야 하고 그런 연후에 군의 경계를 넘는 확산을 도모할 수 있을 것이다.

다음으로 '월이'를 소재로 한 활발한 재창작 작업, 그 캐릭터가 문화예술의 대상 인물로 부각될 수 있는 기반을 마련해야 한다. 지금까지 '월이'를 형상화한 소설, 시, 희곡, 공연자료 등이 상당 부분 적층되어 있으며 이 예술적 성과는 '월이' 담론의 외연을 확장하는 데 기여했다. 특히 정해룡의 장편소설 《월이》를 비롯하여 최송림의 희곡 《간사지》 등의 성취는 매우 값지다. '월이'가 한 지역에 국한된 역사인물로 인식되는 데 그치지 않고 한 시대의 표본이 될 만한 국가적 위인으로 전화轉化하기 위해서는 여기서 여러 걸음 더 나아가야 한다. 그 인물의 외형과 내면에 관한 서사도 여러 방향에서 제기되어야 하고, 그러자면 앞으로 더 많은 문예작품이 산출되도록 독려해야 한다. 여러 지자체가 자기 지역 역사인물을 대상으로 장편소설을 공모하는 것도 그 때문이다.

이제는 불멸의 고전이 된 논개, 춘향, 황진이 등의 서사를 보면 다양다기한 문학 및 예술적 표현과 형상력이 그 위명偉名을 뒷받침하고 있다. 역사서에 남은 기록은 간략한 몇 줄에 그치지만, 그 뼈대에 살을 붙이고 옷을 입힌 상상력의 풍성함이 이들을 우리와 동시대를 호흡하는 캐릭터로 이끌고 있는 것이다. 이처럼 예술적 영역에 대한 세간의 관심이 증폭되면, 현실적 정책 수립이 가능하다. 예컨대 '월이를 생각하는 고성군민 100인의 기억'이나 '월이 소재 장편소설 공모전' 같은 행사를 기획해볼 수도 있고, 경상남도나 정부와 협의하여 '월이'를 역사 속의 애국 인물로 홍보할 수도 있다.

때마침 서울에서 고성향토문화선양회 주최로 제2회 학술 세미나가 열려 '월이 설화의 정본 확립과 문화콘텐츠 구현 방안'이란 주제로 뜻깊은 발표 및 토론회가 개최되었다. 몇 해 전, 진주에서 열린 제1회 세미나에 이어 이 설화의 성격을 다시 진단하고 지금까지의 성과를 확인하며 향후의 활성화 방향을 찾는 모임이다. 같은 재료라도 그것을 어떻게 다루느냐에 따라 부가가치가 천양지차로 달라진다. '월이' 담론은 하기에 따라 얼마든지 국가적 세계적 문화 브랜드로 발전시킬 수 있다는 말이다. 고성을 발원지로 하는 디카시야말로 세계무대로 진입하고 있는 명백한 사례이다. 문학, 공연 및 영상예술, 문화콘텐츠, 예술 조형, 소품 개발, 유적지 조성 등 여러 가지 면에서 이 민족혼의 기개를 기릴 사업들이 후세의 손길을 기다리고 있다.

디지털 시대의 생활문학,
디카시

필자가 태를 묻은 고향 고성은 경상남도의 중앙 남부에 위치해 있다. 동쪽에는 마산, 북쪽에는 진주, 서쪽에는 사천, 동남쪽에는 통영에 연접해 있고 남쪽에는 남해의 한려수도가 펼쳐져 있다. 전체 면적은 517제곱킬로미터이며 인구는 5만 7,000명가량이다. 산야가 많고 산야에 비해 농지는 부족하지만 그래도 농산이 주력이며 이를 바다의 수산이 뒷받침하고 있다. 여러 농작물 외에 송이버섯과 산딸기가 특산물로 알려져 있고 해산물이 넉넉한 편이다. 도립공원으로 지정되어 있는 연화산에 오르면 남쪽으로 당항포의 쪽빛 바다가 시야를 채우고 연봉 속에 묻혀 있는 옥천사의 풍경이 고즈넉하다. 규모는 크지 않으나 그야말로 산자수명山紫水明한 고장이다.

고성의 문화 가운데 대외적으로 널리 알려져 있는 것은 '경남고성공룡세계엑스포'라는 상당히 긴 명칭을 가진 문화축제다. 이학렬 전 군수가 재직하던 시기, 관민이 심혈을 기울여 일구어 낸 전국적 명성의 볼거리요 체험거리다. 군 관내 여러 지역에서 발견된 5,000여 개 공룡 알 및 화석의 가치를 알리고, 이를 학술적 차원을 넘어 관광산업으로 육성했다. 실제로는 공룡화석이 한반도 전역에 걸쳐져 있지만, 고성이 이를 선점하고 브랜드화함으로써 다른 지역의 부러움을 산 경우다. 또 하나 오랜 옛날부터 고성읍에 전승되고 있는 탈놀이 '고성오광대'가 있다. 이는 낙동강 서편의 여러 곳에서 유행하고 전승되다가 고성으로 수렴된 것이다.

고성오광대는 19세기 후반에 시작된 것으로 추정된다. 주로 정월대보름에 연회가 이루어졌으며, 그 7-8일 전부터 연희자들이 연습하여 명절날 군중 앞에 장터놀이 형식으로 공연했다. 원래의 탈춤이나 가면극이 가지고 있는 비판 및 상징의 기능 아래 보다 자유롭고 개방된 형식으로 당대의 인심과 세태풍속을 자유자재로 담아냈다. 고성의 문화 당무자가 더욱 관심을 갖고 부양해야 할 문화유산이다. 이는 지금 중요무형문화재 제7호로 지정되어 있다. 그 외에도 고성의 문화 역사를 반추해 볼 수 있는 유적들이 곳곳에 잠복해 있다. 문화에 대한 성숙한 인식은 곧 그 지역의 정신적 수준이다.

그런데 여기, 우리 고성의 새로운 문화 특산물로 떠오른 문학 장르가 하나 있다. '디카시'라는 이름을 가진, 영상 문화와 디지털 시대의 특성을 반영하는 독특한 형식의 시 창작 운동이다. 이 명칭은 글자 그대로 디지털카메라와 시의 합성어다. 남녀노소 누구나 손에 들고 있는 스마트폰으로 인상 깊은 장면을 순간포착하고 거기에 촌철살인의 기개와 감응을 가진 시적 문장을 몇 줄 덧붙인다. 누구나 그 창작의 현장에 뛰어들 수 있고 누구나 이를 즐거워할 수 있으며, SNS 시대의 경로를 따라 동호인들과 실시간으로 소통할 수 있는 것이다. 오늘날과 같은 영상 문화의 시대에 최적화된 문예 형식이라 할 수 있다.

어느 모로 보아도 이 새로운 시작詩作의 방식이 위축되거나 패퇴하는 법은 없을 것으로 짐작된다. 그런데 이 디카시의 발원지가 우리 고성이고 그것을 '디카시'라고 호명하면서 장르를 개척한 시인이 이상옥 교수다. 그는 마산 창신대학 교수로 오래 근무하다가 지금은 중국 정주의 대학 교수로 있다. 그는 고향인 고성 마암의 시골집에서 마산의 직장까지 출퇴근하면서 2004년에 연도沿道의 풍경을 디카시로 창작한《고성가도固城街道》란 시집을 상재했다. 이를테면 디카시집의 효시다. 그런데 이 디카시 창작의 열풍이 삼남 일대를 거쳐 전국을 순회한 다음, 올해부터는 미국과 중국 등 해외로 확산되는 놀라운 추세를 보이고 있다.

거기에는 몇 가지 까닭이 있다. 우선 이 시의 형식이 어렵지 않고 동시에 경박하지 않으며 우리의 일상을 감명 깊게 담아낼 수 있다는 점이다. 체육에도 본격적인 기량과 기록을 다투는 운동경기가 있고, 평범한 시민들이 심신을 단련하는 생활체육이 있다. 디카시는 이른바 '생활문학' 그 자체인 셈이다. 동시에 '글로벌 시대'의 날개를 달고 출발한 미국 시카고의 디카시 연구회나 중국 정주의 디카시 공모전 같은 국제교류 행보는 밝고도 푸른 신호등에 해당한다. 이처럼 디카시는 고성이 낳은, 고성의 이름을 빛낼 문화적 특산물 가운데 하나일 것이다.

한중 문화교류의
소중한 의미

우리 옛말에 '10년이면 강산도 변한다'라는 것이 있다. 그만큼 세월이 지나면 모든 은원恩怨을 넘어서 마음을 풀 때가 되었다는 뜻을 포함한다. 그런가 하면 중국 속담에 '군자가 원수를 갚는 데 10년이 늦지 않다君子報讐 十年不晚'라는 표현이 있다. 멀리 보고 길게 기다리며 모든 일을 실리적으로 처리하려는 중국인의 성향을 엿볼 수 있다. 이 두 언사를 한자리에 놓고 수평적 비교를 할 수는 없으나, '10년 세월'이란 전제 아래 두 민족의 의식이 어떻게 서로 다른 방향성을 갖고 있는가를 함축하는 측면이 있다.

이렇게 생각의 모양이 다르고 결이 다른 양국의 사람들이 만나 공통의 관심사를 발굴하고 육성하는 길을 찾으려는 한중 문화교류의 자리가 마련되었다. 2018년 10월 16일부터 일주일간 중국 길림성의 창춘長春에서는 '제11차 한중작가회의'가 개최되어 두 나라의 문인 40여 명이 상상과 현실 속의 시간을 공유하며 '생각'의 한계를 넓혔다. 한국에서는 시인·소설가·평론가 17명이, 중국에서는 시인·소설가·수필가 20여 명이 참석하여 작품 발표 및 토론을 진행했다. 필자는 소설 토론의 좌장을 맡아 내내 그 현장에 있었다. 중국 측 실무를 맡은 추진 주체는 '길림성작가협회'였다. 동시에 각 성省의 작가협회 주석 또는 부주석을 맡고 있는 문인들이 참석했다.

이들은 진지하고 우호적이었다. 그동안 양국을 휩쓴 '사드' 갈등이나 문화적 차이는 부차적인 것이 되었다. 아마도 그것이 얼굴을 맞대고 가슴을 여는 문화교류의 미덕이 아닐까 싶었다. 장웨이민 길림성작가협회 주석은 환영사에서, 두만강과 압록강에 갈 때마다 한국의 옛 노래 '공무도하가'와 민요 '아리랑'을 생각한다고 했다. 300여 편의 시가 수록된 중국 최초의 시가집 〈시경詩經〉이 그러한 것처럼, 이 시들도 민초民草들에 의해 시작되고 전승되었으니 그 공통의 특성을 논의해볼 만하다는 의견이었다. 문예잡지 〈강남〉의 발행인인 소설가 중츄우스는 기조발제에서, 한강의 소설 《채식주의자》를 읽고 병든 세계와 맞서는 문학에 공감했다고 말했다.

중국의 문인들이 한국문학에 대해 이처럼 깊이 이해하고 있는 것은 놀라운 일이었다. 그것은 한국 문인들의 중국문학 이해보다 훨씬 윗길이었고 또 구체적이었다. 11회에 이른 이 회의의 성과가 거기에 잠복해 있는 셈이다. 10년이 넘도록 한중작가

회의를 이끌어 온 공적은 거의 문학평론가 홍정선 인하대 교수의 몫이다. 그의 동분서주가 일구어 낸 이 민간차원의 내실 있는 교류는 오히려 정부의 문예정책 당국에서 적극적으로 지원하고 격려해야 옳다. 그러나 예산을 확보하는 일이 어려워 10여 년의 사업을 마감하려 한다니 안타깝기 그지없는 상황에 이르렀다. 문예 당국의 보다 전환적인 사고가 필요한 대목이다. 이처럼 뜻있는 민간교류의 방식은 한 단계씩 쌓아가기는 어려워도 허물기는 순식간이다.

'문화에 대한 이해가 그 정부 수준의 척도'라는 말을 되새겨 보아야 한다. 더욱이 오늘날과 같이 양국이 북한 핵 문제와 사드 갈등으로 마찰음을 내고 있을 때, 이 같은 문인들의 교류가 살아 있음을 보여주는 것은 매우 큰 의미가 있다. 역사성을 가진 시가로서 '공무도하가'나 '아리랑'이 백성들의 것이었듯, 국민들 속에 소통되는 문화적 이해와 연대는 장기적인 관계성의 초석이 되는 까닭에서다. 여러 부면에서 중국의 실리주의에 대응하는 한 차원 높은 지혜가 필요한 시점이다.

돌이켜 보면 중국이 한국과 '형제국'의 외양을 보인 것은 임진왜란 때의 출병과 일제강점하에서의 공조밖에 없다. 나머지 기간은 언제나 종주국으로서의 억압과 요구가 있었을 뿐이다. 여전히 그 오랜 관습을 버리지 못하고 있는 것이 사실이다. '동북공정東北工程(중국 국경 안에서 전개된 모든 역사를 중국 역사로 만들기 위해 2002년부터 중국이 추진한 프로젝트)'에서 고구려를 중국의 지방정부 가운데 하나였다고 주장하는 것도 그와 같은 맥락이다. 심지어 이번 작가회의에서도 문학세계에 있어서 그처럼 따뜻하고 열린 우호의 정신을 보여준 문인들이 대다수인 반면, 현실과 동떨어진 선험적 의식을 붙들고 있는 문인도 보였다.

이러한 현실적인 그리고 의식상의 여러 간극을 넘어서서, 중국 소설가 주르량의 표현처럼 '산천을 맞대고 있는 이웃'으로서의 상식과 교양을 회복하는 길은 문화교류가 그 지름길이다. 이 상호 교통의 모형은 남북관계나 한일관계에 있어서도 매한가지다. '사람이 빵만으로는 살 수 없다'라고 할 때, 그 빵의 맞은편에 있는 대체재가 곧 정신활동의 집적인 문화의 영역이다. 이는 당장 눈앞에 보이는 성과가 없다 할지라도 꾸준히 밀고 가야만 하는 장거리 경주다.

모국어의
뿌리를 지키며

인천에서 미국 로스엔젤레스LA까지, 시퍼렇게 출렁거리는 태평양의 바닷길이 이수里數로는 8만이다. 그 먼 길 너머, 강보에서부터 익힌 모국어로 글을 쓴다는 것은 무슨 의미일까. 열흘 전 LA에서 만난 한 작가는 수년간 관심을 갖고 추적한 어느 예술인의 사랑 이야기를 드디어 소설로 쓴다고 했다. 이분의 열심과 전문성이 너무 기꺼워서 지금까지 가슴 한 편이 뜨겁다. 그런가 하면 일생을 두고 일했던 의료 현장을 문학과 철학으로 풀어 보겠다는 분, 미주 이민사회의 극적인 삶과 환경을 소설 이야기로 꾸며 보겠다는 분도 있었다. 이와 같은 대화는 즐겁고 감명 깊었지만 동시에 마음이 무겁기도 했다.

해마다 여름에 열리는 미주한국문인협회 문학캠프에 강사로 다녀오면서의 일이다. 200만 명의 한인이 살고 있는 미국 이민사회를 배경으로 수백 명에 달하는 문인들이 우리말로 창작 활동을 한다. 누가 시켜서 하는 것이 아니다. 그동안 한국의 문예당국이나 문학단체들은 우리 문학의 소중한 텃밭과도 같은 이 글쓰기의 터전을 구경만 했을 뿐, 따뜻하고 실질적인 도움의 손길을 건네지 않았다. 비단 미주 지역뿐이겠는가. 일본 조선인 문학, 중국 조선족 문학, 중앙아시아 고려인 문학 등 해외에서 한글로 문학 창작이 이루어지고 있는 지역 모두에 공히 적용되는 말이다. 이를 두고 한민족 디아스포라 문학, 한민족 문화권의 문학 등 학술적인 명호名號를 부여하는 데 그쳤을 뿐이다.

　지난 6월 하순에 다녀온 시카고와 샌프란시스코의 한인 문학 모임도 상황이 유사했다. 모국으로부터의 관심과 지원은 희박하지만, 그 한 분 한 분의 문인들은 노경老境에 접어드는 자신의 생애를 열정적인 문학적 탐색 위에 펼쳐놓고 있었다. 필자는 그때마다 턱을 괴고 앉아 곰곰 생각해보았다. 무엇이 저들로 하여금 이민생활의 분주한 일상사를 제쳐두고 문학의 이름을 향해 손을 들게 하는가. 그러할 때의 문학은 참으로 효력 있는 역할, 곧 팍팍한 삶의 위무慰撫이자 거기까지 걸어온 길에 대한 자긍自矜의 기능을 다할 수 있을 것인가. 일찍이 공자가 《논어》에서 시 300수의 의의를 줄여서 "생각에 사악함이 없는 것思無邪"이라 정의했는데, 이 경우의 문학이 '선한 소망'임에는 틀림이 없겠다.

　적지 않은 해외의 문인들이 필자에게 물었다. 어릴 때부터 정규 학습과정을 통해 문학을 공부해야 좋은 글을 쓸 수 있을 텐데, 지금의 나는 너무 늦게 시작하는 것 아니냐고. 필자의 대답은 이러했다. 늦지 않았다고, 작가 이병주도 박완서도 모두 불혹의 나이를 넘긴 후에 소설을 쓰기 시작했다고. 그러면 반드시 다음의 반문이 있다. 그분들은 한 세기를 대표할 만큼 특별한 문재文才를 가진 터이니 보통 사람들과는 다르지 않느냐는 것이다. 이 즈음이면 필자가 정색을 할 차례다. 일생을 두고 가장 가까이 있는 한 사람을 감동시킬 글 한 편을 쓸 수 없겠는가. 잠시 생각해본 분들은 모두 이렇게 말한다. 그것은 할 수 있을 것 같다!

그다음의 권유는 성의를 다한 것이어야 한다. 해보시라, 가까운 그 한 사람이 감동하면 누구나 감동하는 글이 될 수 있고 그와 같은 글 한 편을 쓸 수 있다면 마침내 같은 수준의 글 여러 편을 쓸 수 있지 않겠는가. 그런데 이러한 설득의 논리가 때로는 민망하고 구차스럽기도 하다. 말로만 하는 권면이 아니라 제도적이고 지속적인 해외 한글문학 지원 방안이 있으면 얼마나 반갑고 기쁘겠는가. 십수 년 전, 해외의 몇몇 문예지에 대한 소액의 지원이 진행되다가 그마저 단절된 지 오래다. 새 정부는 700만 해외 동포사회에 대한 관심과 더불어 그 삶의 근본을 형성하는 정신세계, 문학의 세계에 보다 집중적인 시각과 지원을 공여해야 한다.

다만 역대 정부들이 그러했듯이, 눈앞의 화급지사가 즐비한 마당에 여기까지 눈길이 닿겠는가가 걱정이다. 다행스러운 것은 국내에서 국제펜클럽한국본부 주관으로, 매년 세계한글 작가대회가 열린다는 사실이다. 이 대회는 가을 무렵이 되면 경주에서 막을 올린다. 세계 각국에서 한글로 글을 쓰는 문인들이 초청되어 한국 문인들과 함께 학술발표회와 문학적 만남의 시간을 갖는다. 이처럼 값있는 계기들이 여러 유형으로 확대되어야 한다. 엉뚱한 데 돈 쓰지 말고 이런 곳에 힘을 실어 주어야 올바른 문화행정이 될 것이다.

매년 가을 돌아오는 한글날을 바라보며, 15세기 중엽에 당대 최고의 음운학자로서 한글 창제를 이끌었던 세종대왕의 심경을 헤아려 본다. 힘없는 백성들이 제 뜻을 펴지 못하는 것을 안타까이 여겼던 그 연민의 마음으로 해외 한인 문학을 바라볼 때다. 제대로 된 문화공약을 내세울 시간도 없이 출범한 새 정부가 특히 유념해야 할 대목이다.

역사,
어떻게 기록될 것인가

　1982년 여름이니 지금으로부터 30여 년 전의 일이다. 대학원 석사 과정에 갓 진학한 신출내기 문학 연구자였던 필자는, 학교 잡지의 원고 청탁 일로 광화문의 한 호텔 커피숍에서 작가 이병주 선생을 만났다. 선생은 그 무렵 한국에서 가장 많은 독자를 가진 작가였고, 그곳은 선생이 매일 오후 사람을 만나는 자리였다. 1921년 경남 하동에서 태어나 1992년 서울에서 유명을 달리했으니, 그때 선생의 연륜은 갑년을 넘겼고 작가로 활동한 지 20년, 생애의 연한을 10년 남겨둔 시점이었다. 이 마주 앉기도 어려운 대작가에게 햇병아리 비평가 지망생이었던 필자는, 매우 무모하고 무례한 질문을 던졌다. "선생님, 역사란 무엇입니까?"

　역사란 무엇이냐라니! 돌이켜 생각해볼 때마다 얼굴이 화끈거린다. 무식하면 용감하다고, 도대체 그 따위 대책 없는 선문답류의 질문이 어디 있단 말인가. 그런데 문학의 의미와 본질에 대해, 특히 역사소설 속의 그것에 대해 이런저런 생각을 끌어안고 《관부연락선》, 《지리산》, 《산하》의 작가를 만난 필자로서는 꼭 내놓아야 할, 말의 꼬투리였다. "역사란 믿을 수 없는 것일세." 선생의 답변은 너무 짧았고, 그 또한 선문답적인 것이었다. 역사란 믿을 수 없는 것이라니! 당시는 운동개념으로서의 문학이 한 시대를 풍미하여 민족, 조국, 역사 등의 언사가 그 이름만으로 서슬이 시퍼렇던 시절이었다.

선생의 어조가 단호하고 표현이 명료하여, 거기에다 감히 추가 질문을 덧붙일 수 없었다. 신통찮은 문학공부 몇 년을 더하여 박사 과정에 다닐 즈음에야, 왜 선생이 그렇게 말했으며 그것이 무엇을 뜻하는가를 깨우칠 수 있었다. 선생에게 있어 기록된 사실로서의 역사는 사람들이 살아온 삶의 실체를 정면에서 파악하는 데 그칠 뿐, 그 성긴 그물망으로 포획할 수 없는 가치와 역사의 진실에 대해서는 무방비의 기술 형식이었던 것이다. 그런 만큼 선생의 답변은 역사의 그물이 놓치고 지나간 실체적 진실을 소설을 통해 걷어 올린다는, 자신의 문학관을 담은 요지부동의 언표이기도 했다.

예컨대 6·25동란이 초래한 재산과 인명의 피해가 얼마인가를 기록하는 것은 역사의 영역이지만, 그 전란 중에 아들을 잃은 어머니의 마음이 얼마나 아플 것인가를 기록하는 것은 문학의 영역이다. 세월호의 비극을 초래한 구조적 문제를 따지는 것은 역사적 현실적 접근이지만, 그로써 절망의 나락으로 추락한 사람들의 심경을 감각하게 하는 것은 문학적 상상력의 몫이다.

이병주 선생은 제1공화국 시기를 배경으로 하는 역사소설 《산하》의 에피그램Epigram으로 다음과 같은 선언적이며 고색창연한 수사를 썼다. "태양에 바래지면 역사가 되고 월광에 물들면 신화가 된다." 이 절창의 문장 한 줄은 하동 섬진강변에 있는 그의 문학비에 그대로 새겨져 있다.

그의 어록에 있는 "역사는 산맥을 기록하고 나의 문학은 골짜기를 기록한다"도 매한가지의 뜻이다. 실체적 삶의 집적으로써의 '역사'와 그 배면에 잠복한 '문학'의 존재양식, 그렇게 서로 다른 두 글쓰기의 지위에 대한 인식을 붙들고 선생은 30년 세월에 80여 권의 소설을 남겼다. 바탕을 두는 좌표가 다른 만큼, 역사와 문학은 삶의 의미를 재는 잣대가 서로 다르다. 지금의 시대적 상황을 평가할 후세의 사필史筆, 그 내면 풍경을 형상화할 후세의 문필文筆 또한 서로 다른 기준과 결과를 산출할 것이다. 이 두 맥류 가운데 어느 한 편이 더 무겁다고 할 수는 없다. 역사가 외형적 결과론적 측면을 앞세운다면, 문학은 내포적 선험적 인식을 중시한다.

그렇다면 오늘날 우리 사회가 직면했던 '국정농단' 사태는, 후세의 사필과 문필에 의해 어떻게 기록될 것인가. 사필은 그야말로 공명정대하게 '사실'을 기록해야 한다. 그래야만 후대의 경계요 교훈으로서 보람을 가질 수 있다. "과거의 역사에서 교훈을 얻지 못하는 민족에게 미래가 없다"라는 명언은, 그 역사가 온전히 올곧게 기록되었을 때를 전제로 한다. 우리 역사 속의 사관들은 그 공정한 기록에 목숨을 걸었다. 현대의 기록자 역할을 하는 언론이나 역사 기록 역시 정론직필에 명운을 걸고 어느 한쪽으로 치우침이 없어야 하는 것이 공히 준수해야 할 도리이지만 최근 여러 언론의 보도방식은 이 기본적 도리를 도외시하는 사례가 많다.

어떤 사건을 다루든 객관적 상황을 통찰하고 사실 관계에 기반을 둔 태도를 견지해야 한다. 시민 사회의 감성적 주장을 뒷북치듯 따라가서는 안 되는 이유다. 필자가 보다 크게 관심을 갖고 있는 대목은 이 사태를 문학 작품이 어떻게 받아들이고 어떤 이야기로 풀어낼 것인가에 있다. 1980년 광주민주화운동을 주제로 한 소설 가운데 손꼽을 만한 작품으로는 현장의 상황을 직접적으로 다룬 홍희담의 〈깃발〉, 민주화운동의 참상을 겪은 떠돌이 소녀의 슬픔을 묘사한 최윤의 〈저기 소리 없이 한 점 꽃잎이 지고〉와 같은 단편이 있다. 10년의 인고를 거쳐 다섯 권의 장편소설로 증언자의 소임을 다한 임철우의 《봄날》이 있는가 하면, 2014년에 새롭게 이 비극을 부각시킨 한강의 장편 《소년이 온다》도 있다.

국정농단 사태도 마침내 이 같은 문필의 조명 아래 서게 될 것이다. 역사의 눈으로 포착하지 못한 개인의 정황과 그 주변 인물들의 형편을 훨씬 더 선명하게 그려내는 날이 올 것이다. 국민 가운데 어느 한 사람, 심지어 가해자에 해당하는 어느 한 사람이 이야기의 문면 위로 부상하게 될지도 모른다. 여기에서는 어느 개인의 고통과 한계상황에 대한 이해와 연민을 기대할 수도 있다. 그러나 그것은 역사의 잣대가 숱한 가지치기를 마친 연후에야 가능하다. 가해자는 스스로 문학의 잣대를 운용할 수 없다. 양보와 관용은 피해자의 것이며, 시간이 오래 걸리는 일이다.

'제2의 한강'과
번역가의 집

한강韓江 작가의 맨부커 인터내셔널상 수상을 두고, '한강 漢江의 기적'이란 표현마저 등장하고 있다. 그동안 해외의 문학 또는 출판 시장에서 한국문학이 얼마나 허약했는가를 반증하는 셈이다. 이번 수상은 작가 개인에게는 물론, 한국문학의 미래를 위해서도 산뜻하고 기분 좋은 청신호가 아닐 수 없다. 문제는 이렇게 좋을 때 그 잔치의 흥에 취하여 앞으로의 일을 슬기롭게 도모하지 못하는 데 있다. 쉽게 흥분하고 쉽게 잊어버리는 우리 민족의 기질적 속성도 걱정된다. 많은 사람들의 관심이 집중되었을 때, 시기를 놓치지 않고 해야 할 일들이 있다. 마치 대장간에서 쇠가 달았을 때 망치로 벼리라는 말과 같다.

한강의 소설은 나라 밖에서 볼 때 지금까지 일컬어지던 한국문학의 대표적 작품들과는 결이 좀 다르다. 그의 선배작가들은 오랜 역사의 비극이나 전쟁의 상처를 지울 수 없는 꼬리표처럼 이마에 달고 있었다. 고은, 이호철, 황석영, 이문열 등 해외에 널리 알려진 작가들이 그랬다. 이들이 해외의 이름 있는 문학상을 향한 대표선수들이었다. 한 인간으로서 또 작가로서 성장해 온 과정이 있으니, 그와 같은 현상은 어쩌면 숙명적인 굴레인지도 모른다. 그러나 해외의 독자들은 한국전쟁의 비극이나 상처에 더는 주목하지 않는다. 한국의 역사적 과거는 세기가 바뀌면서 이미 빛이 바랬기 때문이다.

이제 한국문학의 해외진출에 관한 한, 세대 변화가 시급한 과제가 되었다. 한강의 수상작에는 우선 기발한 상상력과 보편적인 인간의 고뇌를 결합한 작가의 기량이 바탕이 되어 있다. 그리고 이를 감수성 있는 문체와 뛰어난 번역의 조합을 통해 원작을 넘어서는 '2차 생산'의 성과로 배양한 데 있다. 인간의 내면에 숨어 있는 폭력성에 저항하여 육식을 거부하고 나무가 되려는 여자는 매우 독특한 캐릭터다. 하지만 인간이 그 내면에 숨기고 있는 고통의 실체를 드러내는 과정은 세계 어디에서나 통용될 수 있고 공감할 수 있는 소설의 주제가 된다. 그런 점에서 앞으로 작가의 세대변화는 물론, 작품 주제의 세대변화가 함께 이루어져야 한다.

한강의 《채식주의자》는 세 편의 연작 중편 〈채식주의자〉, 〈몽고반점〉, 〈나무 불꽃〉을 한데 묶은 장편소설이고, 시기로는 2004년에 발표되었다. 무려 15년 전에 선보인 소설이고 그중 〈몽고반점〉은 2005년 이상문학상 수상작으로 우리에게 낯설지 않은 작품이다. 그런데 모두 전혀 몰랐던 작품인 것처럼 들떠 있고, 책은 10년 세월이 무색할 만큼 단박에 베스트셀러 1위에 올랐다. 새로운 언어로의 번역과 해외에서의 번역본 판매도 급증하고 있으니, 그야말로 모든 상황이 협력하여 작가를 '글로벌 신데렐라'로 부양하고 있다. 기쁘고 고마운 일이다. 여기에는 김연아가 세계대회에서 메달을 딸 때처럼, 아무런 '안티'가 없다. 게다가 작가 한강은, 그 어투나 표정이 겸손하기까지 하다.

이렇게 새롭고도 놀라운 발견은 어디에서 왔을까? 바로 번역의 힘이다. 소설을 번역한 20대 후반의, 한국어를 배운지 6년밖에 안 되는 영국 여성 데버러 스미스는 한국문학의 은인으로 대접받고 있다. 근본적으로 문학 번역에 뛰어난 재능을 가진 결과이겠으나, 한국 이름을 '김보라'라고 쓸 만큼 한국에 대한 애정과 이해가 깊기도 하다. 그가 번역했거나 번역하고 있는 안도현, 배수아, 황정은 등의 다른 작품들에 기대가 큰 것도 그러한 까닭에서다. 영국에 주재하는 한국문화원에서는 이 번역가에게 우리 정부의 포상을 요청한 것으로 알려졌는데, 굳이 그 포상에 몸을 사릴 이유는 없다고 본다.

그동안 한국문학번역원에서 시행해 온 한국문학번역상이나 신인상을 보다 확대하고 상금을 높이는 방안도 생각해볼 수 있다. 번역원이 출범한 지는 겨우 15년 정도이지만, 그동안 애쓰고 수고한 번역·출판사업이나 번역가 양성사업 그리고 해외교류 및 홍보사업이 오늘에 와서야 비로소 그 빛을 본다고 할 수 있다. 데버러 스미스가 어느 날 갑자기 하늘에서 떨어질 수는 없는 일이 아닌가. 이러한 사업을 국가적 차원에서 후원해온 문체부에 대해서도 그 공을 함께 나누어야 온당하다. 지난해와 올해 해외 언론의 관심을 견인한 작가들을 보면 한강 이외에 정이현, 김경욱, 천명관, 방현석, 이승우, 정유정, 이응준, 이정명 등의 이름이 보인다. 물론 그 관심은 이들의 작품이 잘 번역되어 세계 시장에 나갔기에 가능했다.

한국문학번역원이 주최하여 '문학번역가 양성'을 주제로 개최되었던 제7회 세계번역가대회에서의 일이다. 영어권 번역가로 발표에 참가한 소라 김-러셀이 기상천외(?)한 제안을 했다. 한국문학번역원이 번역가들에게 아침 뷔페를 무료로 제공하는 것이 좋겠다는 것이었다. 모두 웃었고 종합토론자였던 필자도 그랬다. 그러나 지내놓고 보니, 그럴 일이 아니었다. 그것은 번역의 창조적 예술성이 일정한 공적 지원 아래 양성되어야 한다는 논지를 담고 있었다. 그렇게 생각을 바꾸고 나면 시급한 일이 너무 많다. 우선 한국문학번역원의 번역아카데미를 임의의 교육 과정이 아니라 학위수여 과정으로 바꿔야 한다. 한국예술종합학교의 사례를 보면 어려운 일도 아니다.

보다 중요한 것은 해외 번역가 레지던스를 조속히 마련하는 일이다. 그해 여름 열린 서울국제도서전에 데버러 스미스가 오면서, 호텔은 비싸고 있을 곳이 마땅치 않아 외국인 학생의 숙소에 함께 머문 일만 보아도 그렇다. 독일의 경우 1963년에 세운 '베를린 문학콜로키움'을 '번역가의 집'으로 운영한다. 매년 여름 전 세계에서 15명 이상의 번역가들이 모여 작가·비평가 교류와 번역프로젝트를 수행한다. 번역상 상금도 1만 달러다. 세계문학의 중심으로 진입한 독일문학의 명성이 그냥 생겨난 게 아닌 셈이다. 스페인의 '번역가의 집'이나 프랑스의 '생라자르 외국작가와 번역가의 집'을 비롯하여 미국, 캐나다, 영국, 네덜란드, 헝가리, 크로아티아 등이 그러한 번역가의 집을 운영하고 있다. 남의 좋은 것을 배워야 할 때는 바로 이런 경우다.

독서 선진국에서 한국문학의 실상을 아는 이들은, 문학상 상금만 많고 국민들은 책을 읽지 않는 나라라고 한국을 비웃어 왔다. 베스트셀러의 주인공이었던 최영미 시인이 생활보호대상자로 살아왔다는 사실이 이 참담한 현실에 대한 증거다. 한 작가의 작품이 한국문학으로 하여금 세계 독서시장으로 가는 통로를 확연히 넓혀준 지금, 한국의 작가·비평가와 문예당국이 함께 그 길을 확장하기 위해 노력해야 한다. 지금이 아니면 또다시 좋은 기회가 오기 어렵다.

한글문학,
해외에서 꽃피다

곧 돌아오마 손짓하고 떠나온 고향을 다시 돌아가지 못한다면, 어떻게 해야 할까? 그렇게 보낸 세월에 홍안의 소년이 백발성성한 노인이 되었다면, 그 세월의 의미는 무엇일까? 벌레우는 가을이나 벌판에 눈 덮인 달밤의 쓸쓸함도 그보다 더 처연하지 않을 것이다. 이는 70년을 헤어져 살아온 한반도의 남북이산가족이 처한 형편을 말한다. 고향과 가족을 그리워하는 일은 이렇게 가슴 아픈 인생사의 한 곡절曲切이다. 일생을 객지로 떠돌며 그것을 노래한 두보杜甫의 방랑시들이 명편인 것은 그로 인한 공감의 깊이에서 비롯된다.

타의에 의해 고향을 떠나고 가족과 이별한 사람들의 거주지 또는 그 이산離散된 상황을 일러 디아스포라diaspora라고 한다. 이 용어는 그리스어에서 온 말로, 원래는 유대인 핍박의 역사적 비극에서 비롯되었지만 요즘에는 여러 민족이 자국의 외역으로 흩어져 살면서, 그러한 분산의 상황을 디아스포라라는 이름으로 부른다. 남북으로 나누어지고 해외 각국으로 분산된 한민족의 디아스포라도, 이와 같은 호명법에 결부되어 있다.

디아스포라의 슬픔과 아픔을 표현한 문학이 디아스포라 문학이다. 근대 이후 일제의 침탈과 강점 그리고 나라의 분단을 거치면서 발생한 중국 및 중앙아시아로의 집단 이주, 징병·징용으로 인한 일본으로의 이주, 궁핍한 생활 속에서 노동자 수출로 시작된 미국으로의 이주 등은 명징한 한민족 디아스포라의 모형이다. 그 세월이 쌓이면서 남북한과 세계 각지의 해외동포 사회에서 한글문학이 일정한 분량과 수준을 이루었으니, 이를 두고 한민족 디아스포라 문학이라 통칭하는 것이다. 이제까지 이 영역에 대한 연구 또한 괄목할 만한 성과가 축적되었다.

하지만 그 디아스포라의 역사를 포괄적으로 반영하면서 그 문학의 역사를 기술한 문학사는 없었다. 지금은 광복 및 분단 70년 비극의 역사를 재해석하는 문학사, 더 나아가 해외 여러 지역에서 꽃핀 한글문학을 새롭게 규정하는 문학사의 기술記述이 요구되는 시대다. 흔히 사람들은 문학사를 특정한 시기에 생산된 작품들을 시간의 흐름에 따라 정리한 것이라 이해한다. 그러나 문학사는 거대한 시간의 흐름을 분절하는 시각의 확립을 전제하고, 일정한 가치 기준에 따라 값있게 평가된 작품들의 경향을 포착한다. 이것은 곧 선택과 집중의 원칙이며, 그 기준과 원칙이 달라지면 문학사는 다시 작성될 수밖에 없다.

광복 70년이 역사의 장막 너머로 이울던 시기에, 필자는 3년간의 집필 과정을 마감하여 850쪽에 이르는 두 권의 '한민족 문학사'를 상재上梓했다. 필자와 필자의 후배·제자 총 19명이 저자로 참여했고 1권은 남북한 문학사, 2권은 재외 한인 문학사로 되어 있다. 여기서 굳이 이 얘기를 꺼내는 것은 이 책이 지금까지 없던 새로운 길을 내는 시도이기 때문이다. 또한 그것이 1910년 국권상실 이전의 디아스포라 형성기에서 오늘의 글로벌시대 확산기에 이르기까지를 '민족정체성'이란 개념으로 관통하고 있는 까닭에서다.

남북한 문학과 함께 중국 조선족 문학, 중앙아시아 고려인 문학, 일본 조선인 문학, 미국 한인 문학을 하나의 문화권으로 바라보고 그 작품들을 유기적으로 고찰하는 문학사는 한국문학이 지향해야 할 방향성을 제시할 것이다. 우리 문학은 이제는 국가주의의 좁은 울타리를 벗어나야 한다. 이산과 단절의 삶을 감당하고 있는 남북한의 현실도, 이 문학의 통합적 관점을 계기로 긴 세월에 지친 나그네에게 고향 가는 길을 열어줄 수 있었으면 좋겠다.

한국문학
세계화의 길

한국문학의 세계화는 이미 하나의 상수常數가 된 개념이다. 몇 해 전, 미국 동남부 노스캐롤라이나에 있는 듀크 대학에서는 이 문제에 직접 다가선 학술 컨퍼런스가 열렸다. 미국의 KLA Korean Literature Association가 주최하고, 미국 전역에 있는 한국문학 연구자들이 참석하여 발표와 토론을 벌인 뜻깊은 자리였다. 한국에서 유학을 왔거나 이미 미국에 정착하여 이름 있는 대학에서 한국문학을 가르치는 이들이, 모두 영어로 순서를 이끌었다.

한국문학이 미국의 명문대학에서 영어로 논의되는 현장은, 만만찮은 감동과 함께 여러 가지를 생각하게 했다. 바야흐로 글로벌 시대다. 문학 또한 비좁은 국가주의의 울타리를 넘어서 광활한 국제 경쟁의 무대로 나가야 옳다. 그러자면 문학의 교류와 확산, 번역과 출판의 문제가 제기될 수밖에 없다. 한국문학이 세계문학의 중심부로 진입하거나, 그토록 기다리는 사람이 많

은 노벨문학상에 근접하자면, 이와 같은 활동을 강화하지 않고
서는 어려운 일이다.

근자에 이 분야의 사업을 활발하게 전개하고 있는 한국문
학번역원은 이번 컨퍼런스의 한 세션으로 작가 강영숙과 그의
소설《리나》를 내놓았다. 강 작가가 한국에서 날아왔고 필자는
그와 그 작품의 설명을 맡았다.《리나》는 현재 한국문학의 대표
작으로 제출해도 충분할 만큼 볼품이 있는 소설이다. 이 소설은
동북아의 가상공간을 배경으로 16세의 어린 소녀가 8년의 세월
을 두고 국경을 넘어 탈출하는 이야기를 그렸다.

실명을 사용하지는 않았지만, 누가 보아도 그것이 탈북의
상황을 말하는 것임이 분명하다. 작가는 탈북이라는 시대사적
문제를 다루면서, 그보다 더 큰 비중으로 그 사건의 외피에 가
려진 인간성과 여성성의 파쇄破碎를 보여주었다. 분단 70년에
이른 역사적 과제를 제기하는 것은, 이를테면 한국문학이 운명
처럼 끌어안고 있는 '체험'의 영역이다. 그러나 그것을 넘어, 인
간의 권리와 삶의 질에 대한 깊이 있는 형상력은 '본질'의 영역
을 그린 것이다.

《리나》가 한국문학의 오랜 관습적 굴레를 포괄한 채로, 새
로운 의미망의 심층적 서술을 내포한 것은 의미 있는 걸음에 해
당한다. 그리고 무엇보다 영문학의 현장에 토론의 자리를 마련
한 시도도 좋았다. 해외의 다른 어느 지역에서도 볼 수 없는, 한

국문학 세계화의 유용한 길목이 거기 있었다. 미국의 달키 아카이브 출판사의 임원 제이크 스나이더는, 《리나》와 더불어 우수한 한국문학 작품들을 지속적으로 출간하겠다고 밝혔다. 우리 문학의 영문 번역에 대한 이 같은 약속은 매우 고무적이고, 이 학술모임의 가치를 높이 평가하게 했다.

듀크 대학 컨퍼런스 참석 이전에 방문하고 강연을 한 애리조나 주립대학에서도, 한국문학과 북한문학에 관심을 가진 수십 명의 미국인 학생들을 만날 수 있었다. 우리의 문화정책은 이 대목에 유의해야 한다. 한국문학에 비상의 날개를 달아주는 일을 모국어의 강역疆域에서만 할 수는 없는 일이다. 시대는 이미 오래전에 글로벌의 문턱을 넘어섰고, 문학은 이를 뒤쫓아 가기에도 바쁜 형국이다. 남북한 문학의 소통과 접촉 면적의 확대 또한, 해외에서 한글로 창작되는 한민족 디아스포라 문학과의 연대를 통해 미개척의 지평을 열 수 있다.

이러한 한민족 문화권 문학에 대한 인식은, 두 마리 토끼를 함께 쫓을 수 있게 할 것이다. 곧 민족적 화해협력의 문학적 버전이 그 하나라면, 한국문학의 세계화가 다른 하나다. 한국의 근대화와 경제개발이 성과를 이룬 만큼 국제적 관계 구축도 그러했더라면 하는 아쉬움이 있다. 지금부터라도 우리 문학의 세계화에 역점을 두고 실행을 모색하면, 후대에서는 그와 같은 후회를 없애거나 줄일 수 있을 것이다.

우리 문학의
새로운 흐름을 읽다
강영숙과 소설 《리나》

한국의 소설가 강영숙은 1967년 강원도 춘천에서 태어났다. 키가 크다는 이유로 어렸을 때는 운동선수로 활동했고, 열네 살 때 서울로 이주했다. 대학에서 문예창작을 공부했으며, 1998년 서울신문 신춘문예에 〈8월의 식사〉가 당선되어 작가의 길을 걸었다.

2006년 장편소설 《리나》로 한국일보문학상, 2011년 단편소설 〈문래에서〉로 김유정문학상을 수상했다. 소설집으로 《흔들리다》, 《날마다 축제》, 《빨강 속의 검정에 대하여》 등이 있고 장편소설 《크리스마스에는 홀라를》, 《라이팅 클럽》 등 많은 작품이 있다. 그의 작품들은 현대인이 직면한 불확실한 삶을 치밀하고 담담하게 형상화하며, 특히 문명사회의 외적 또는 내적 폐해를 잘 드러내는 것으로 평가된다.

그런가 하면 여성성에 대한 깊이 있는 탐색을 비롯하여, 우리 삶에 대한 다양한 관심의 진폭을 보여주는 작가다. 그래서 그의 세계는 집중이 아닌 분산의 모형이며, 한곳에 안주하지 않고 변화하고 발전하는 모습으로 목격된다. 그의 문체는 매우 독특해서 일상적인 행위의 배면에 있는 심정적 동향을 완만하지만 끈질긴 어투로 서술한다. 마치 도스토옙스키의 《카라마조프가의 형제들》이나 에밀 졸라의 《목로주점》 같은 분위기가 있다.

강영숙의 대표적 작품이라 할 수 있는 《리나》는 동북아의 가상공간을 배경으로 한다. 16세의 어린 소녀가 8년에 걸쳐 국경을 넘어 탈출하는 이야기를 그린 소설이지만, 조금만 주의를 기울여 읽어 보면 그것이 북한에서 탈출하여 중국 국경지대를 유랑하는 사람들의 실제적 상황임을 알 수 있다. 이 소설에서는 등장인물들의 운동범주를 중국의 남쪽 지역, 그리고 인근의 동남아 지역에까지 확장한다. 이들이 처한 상황은 말할 수 없이 열악하고 엽기적이고 비극적이어서 인권의 사각지대를 적나라하게 묘사한다.

작가는 《리나》를 통해 단순히 탈북민의 궁핍하고 고통스러운 삶만 보여주는 것이 아니다. 그와 더불어 인간성의 파괴와 여성성의 괴멸이 어떻게 어떤 수준으로 진행되는지, 그 바닥을 열어 보인다. 탈북민 문제가 현재의 남북한이 안고 있는 시대적인 과제라면, 그 엄중한 현실과 인간의 내면세계를 함께 결부시킨 탁월한 작품이라고 할 수 있다. 그런 점에서 이 소설은, 한국문학의 새로운 패러다임을 말하는 하나의 범례이다.

《리나》에서는 여성 작가가 아니고서는 포착할 수 없는 아픔과 슬픔이 여러 유형으로 잠복해 있다. 그의 다른 소설《라이팅 클럽》은 삶에 대한 원한을 넘어서 글쓰기에 평생을 바치는 모녀의 이야기로, 이 또한 여성 작가 특유의 장점이 발양된 또 하나의 사례다.

1917년 이광수의《무정》으로부터 100년의 시기에 이른 한국 현대문학은, 일제강점기와 한국전쟁, 그리고 남북분단의 숨 가쁜 역사 과정을 거쳐 왔다. '국가불행시인행國家不幸詩人幸'이란 옛 시의 한 구절이 있긴 하지만, 우리 민족은 오랜 세월 힘겨운 인고를 감수해야 했다. 그런 연유로 한국문학의 시와 소설에는 민족적 분단의 삶이 상당 부분 내포되어 있다. 이는 그 현상적 체험이 너무도 뿌리 깊어서 이를 작품화하는 것만으로도 벅찼다는 말이다.

그러나 분단 70년에 이르는 오늘날에는 직접적인 체험을 넘어 보다 본질적인 차원에서 인간 정신의 다양하고 진솔한 면모를 드러내는 문학의 모습을 목도할 수 있게 되었다. 다시 말해 한국문학이 체험에서 본질로 그 흐름을 바꾸어 가고 있다는 뜻이다. 강영숙의《리나》는 바로 그러한 문학적 의미와 환경의 변화에 있어 하나의 시금석試金石, 곧 리트머스 시험지와도 같다.

한반도의 남북한이 위태롭게 대치해 있고 양자의 문학 사이에도 소통과 교류의 길이 막혀 있는 것이 사실이다. 이러한 때에 《리나》와 같은 제3영역의 문학은 그 논의의 지평을 확대하는 매개체가 될 수 있다. 예컨대 남북한의 문학, 그리고 세계 여러 지역에 분포해 있는 한민족 디아스포라의 문학과 탈북민 문학을 포함하여, 보다 포괄적인 문학의 다자 공동체를 구상해볼 수 있을 것이다.

북한문학의
어제와 오늘

1. 왜 북한문학인가

일제강점 이후 해방과 한반도의 분단은 동시에 일어난 사건이었다. 그로부터 70여 년이 흘렀으나, 아직도 남북한은 분단의 비극을 청산하지 못하고 있다.

70여 년의 세월을 거치면서 남북한 사회는 너무도 이질화되었고, 그것을 반영하는 문화도 달라졌다. 그동안 남한에서 내건 '한국적 민주주의'나 북한이 내건 '우리식 사회주의' 등의 구호가 그와 같이 아프고 슬픈 역사를 그대로 반영하고 있다. 그것은 문화뿐만이 아니라 문학에서도 마찬가지다. 그럼에도 남한에서 지속적으로 북한문학을 연구하는 것은, 한반도를 배경으로 하는 모든 논의에 있어 북한이 변수變數가 아닌 상수常數의 지위에 도달해 있기 때문이다. 분단시대에서 통일시대로 그 흐름을 바꾸어 가야 할 민족적 과제도 여기에 결부되어 있다.

2. 북한문학의 전개와 성격

한국문학에서 말하는 북한문학은 1945년 분단 이후부터이다. 그 이전의 문학은 남북이 서로 다른 시각으로 기술할 수 있으나 사실관계fact가 동일하기 때문이다. 북한문학의 역사적 전개와 성격적 특성을 말하는 데 있어서, 가장 중요한 분기점은 1967년 주체문학의 확립이었다. 1967년 이전에는 평화적 민주건설 시기(1945-1950년), 조국해방전쟁 시기(1950-1953년), 사회주의 기초건설을 위한 투쟁 시기(1953-1960년), 천리마운동 시기(1960-1967년) 등의 과정을 거쳤다.

1967년 '조선노동당 제4기 15차 전원대회'에서 주체사상과 주체문학을 확립한 이후의 북한문학은, 철저하게 '수령형상문학'의 길을 걸었고, 이것은 오늘에 이르기까지 북한문학의 이념이자 핵심이 되었다. 이는 김일성과 김정일의 가계家系 및 행적을 영웅화하고, '불멸의 역사' 시리즈 등을 통해 인민을 교화하는 매우 독자적인 문학의 유형이다. 이 주체문학의 획일적 성격은 당성·노동계급성·인민성 같은 문예이념이나 종자론·속도전 이론 같은 문학논리를 생산해왔다.

이 같은 주체문학론의 확고한 흐름은 1980년대 초반 현실주제문학론의 시기까지 그대로 이어졌다. 1994년 김일성의 사망과 동구권 사회주의의 몰락, 김정일 통치 시기를 거치면서도 이 문학적 구도는 그대로 유지되었다. 변화하는 시대적 현실을 반영하고 수용층인 인민들의 호응을 유발하기 위한 현실주제문학론은 부수적 현상에 그쳤을 뿐이다. 2011년 김정일의 사망과 새 지도자 김정은의 등장은 북한 사회와 문학에 미소한 변화를 가져오긴 했으나, 그 이전까지의 정강정책政綱政策에 큰 변화를 보기 어렵다.

3. 김정은 통치 시대의 문학

김정은은 부조父祖로부터 물려받은 정권의 정당성과 새로운 시대의 비전이라는 두 마리 토끼를 함께 좇아야 했다. 그의 선대에 비하여 현저히 허약한 내부의 충성심을 강화하기 위해 위험을 불사하는가 하면, 문학의 초점을 선군혁명문학에서 인민의 투쟁과 생활이라는 주제로 이동하고 있다. 〈조선문학〉 2012년 11월호에는 〈조선민주주의인민공화국 창건 65돐기념 전국문학축전 조직요강〉이 실려 있다. 조선작가동맹 중앙위원회가 "천만 군민을 강성국가건설에로 힘있게 고무추동하고 주체문학건설에서 새로운 앙양昂揚을 일으키기 위하여" 전국 문학축전을 조직한다는 것이다.

여기에서 조선작가동맹 중앙위원회가 명시한 6개 항목의 작품 주제를 보면 오늘의 북한문학이 지향하는 목표를 분명히 알 수 있다. 그 내용은 1) 백두산 3대 장군의 혁명업적을 주제로 한 작품, 2) 김정은의 영도와 위인상을 형상화한 작품, 3) 혁명전통을 주제로 한 작품, 4) 부강조국 건설과 최첨단 돌파전의 승리를 위한 인민의 투쟁과 생활을 반영한 현실주제의 작품, 5) 인민군대의 투쟁과 군민대단결, 청소년들의 투쟁과 생활을 주제로 한 작품, 6) 계급교양주제, 조국통일주제, 력사주제의 작품으로 되어 있다.

이 항목들의 배열을 살펴보면 수령형상문학과 혁명전통문학은 순위를 양보할 수 없는 가치라고 할 때, 김정일 시대의 선군혁명문학보다 인민의 투쟁과 생활이 앞서 있음을 알 수 있다. 김정은 시대에 있어서는 '선군'보다 '민생'이 더 시급한 문학적 과제라는 뜻이다. 이러한 실질적 생활의 변화, 피부에 와 닿는 새로운 시대적 감각 없이는, 김정은의 통치가 안정적으로 가기 어렵다는 위기의식이 은연중에 반영된 것이다.

4. 새로운 영역, 탈북자 문학

남북 간의 소통이 해빙과 정체를 반복하는 요즘, 새롭게 상정해야 할 문학 영역이 있다. 그것은 '국제 PEN 망명북한작가센터'가 중심이 되어 있는 탈북자들의 문학과, 남한 작가들이 탈북 문제를 다룬 작품들이다. 분단 이후 남한에 정착한 탈북민의 숫자는 2013년 9월 기준으로 26,483명에 이르는데 그 가운데 대다수가 1990년대 후반에 탈북을 시도한 경우에 해당한다. 그들이 정착한 지 십수 년이 흐른 지금은 탈북자 스스로 쓴 문학의 집적도 분량을 더해가고 있으며, 국내 작가들이 탈북 문제를 소재로 써온 작품들도 이제 일정한 논의와 체계화를 시도할 만한 수준에 도달해 있다.

탈북 소재 작품들 가운데 탈북자 자신의 문학은 시와 소설이 망라되어 있으나, 국내 작가들의 작품은 소설이 주류를 이룬다. 이 작품들은 한결같이 탈북 과정에 있어서의 고난이나 희생, 남한 정착한 이후의 부적응과 소외의 상황에 초점이 맞춰져 있다. 남북의 화해와 문화통합이 지난至難한 것과 마찬가지로, 한 개인이 삶의 환경을 바꾸는 것도 그렇게 어렵다는 사실의 반증이다. 그러나 이 문제는 문학을 넘어 현실적 삶에 있어서도 결코 개인적 차원에서 머물거나 공적 주목의 사각지대에 방치해서는 안 될 엄중한 사안이다. 인권적 측면에서도 그렇고 민족 공동체의 측면에서도 마찬가지다.

5. 남북한 문화통합의 길

남북한 상호간에 있어서 정부 당국의 대화와 민간 차원의 소통 문제는 정치나 경제 분야보다 문화 분야에서 찾는 것이 빠를 수 있다. 독일 통일의 사례를 보아도 그렇다. 그런 때에는 밝은 빛을 발할 바탕이 될 수 있고, 특히 남북한만의 일대일 대좌가 아니라 세계에 널리 산포되어 있는 한글문학을 망라하여 한민족 문화권 문학의 새로운 논리를 발굴하는 것이 효율적이다.

한민족 디아스포라 문학은 남북한 문학 이외에도 미주 한인 문학, 중국 조선족 문학, 중앙아시아 고려인 문학, 일본 조선인 문학 등으로 광범위하게 펼쳐져 있다. 이 여러 지역의 문학이 한자리에 모인다면, 그 포괄성의 형식을 통해 남북 간의 첨예한 대결구도를 희석시킬 수 있다. 그렇기에 필자는 오래전부터 이와 같은 남북한 문화통합의 방안을 고민하며 '한민족 문화권 문학'의 구도를 '2+4 시스템'이라 호명해 왔다. 온 나라와 민족이 함께 교류하며 살아가는 지구촌 시대, 남북한의 화해협력이 동북아의 안정과 세계평화의 구현에도 기여할 것이다.

통일,
'문화'에 답이 있다

광복과 분단 이후 70년이 경과한 지금도 우리는 '분단시대'를 살고 있다. 동시대의 한국문학은 전후문학과 분단·이산문학의 시기를 거쳐 이제 통일지향문학의 시기에 이르렀다. 왜 남북한이 통일을 이루어야 하는가를 요즈음의 젊은 세대에게 질문하면, 전쟁에 대한 직접 체험이나 성장기에 전쟁의 참화를 목격한 바 없는 이들 세대는, 꼭 통일을 해야만 하느냐는 반문을 하기도 한다. 필자는 이 난감한 반응에 다음의 두 가지 설명을 한다. 오늘의 북한을 두고 그 잘못을 물어야 할 대상은 북한의 위정 당국이지 피해자인 인민이 아니지 않은가, 그리고 그 북한 주민 가운데 자신의 가족이나 친지가 남아 있다고 생각해보라는 것이다.

어쨌거나 동시대 현실에서 한반도를 배경으로 하는 모든 분야의 논의 또는 연구에 있어 북한은 이미 변수變數가 아닌 상수常數의 존재가 되었다. 분단 70년의 역사 과정을 거치면서 남북관계의 완강한 경색과 고착의 대립구도에 미세하지만 동시다발적인 변화가 일어나기 시작한 것은 1980년대 초반부터다. 1985년에는 분단 이후 처음으로 '남북 이산가족 고향방문 및 예술공연단'의 교환 방문이 있었고, 1988년에는 남한에서 북한 문학 자료의 연구에 대한 해금 조치가 있었다. 하지만 한반도 비핵화나 천안함·연평도 사건 등의 대립과 갈등은 우리가 종전終戰이 아닌 휴전休戰의 시기를 살고 있다는 사실을 명료하게 증명한다.

모든 길이 다 차단되었다 할지라도 단 한곳, 숨 쉴 곳이 있어야 한다. 바로 남북 문화교류, 의식적 차원의 교류다. 사람이 빵만으로 살 수 없다면 정치는 눈앞의 빵이요, 문화는 그 삶의 길을 지탱하게 하는 정신이다. 북한의 문화, 특히 문학은 북한 사회를 있는 그대로 투명하게 반사하는 거울과도 같다. 북한의 문학이 명실공히 당의 정강정책을 반영하고 그것을 인민대중에게 전파하며 또 교화하는 수단이라면, 북한사회의 주요한 담화가 모두 문학 속에 담겨 있는 실정을 이해할 수 있다.

2012년에 필자가 3000쪽 분량의 북한문학 연구자료 총서 4권을 엮어 펴낸 이유도, 북한문학의 총체적 모습을 통해 북한 사회를 좀 더 깊이 있게 살펴보고 그 바탕 위에서 남북한 문화 통합의 앞날을 내다보자는 뜻에서였다. 동시에 남북한을 중심에 두고 해외에 널리 산개散開해 있는 미주 한인 문학, 일본 조선인 문학, 중국 조선족 문학, 중앙아시아 고려인 문학을 하나로 페는 '한민족 문화권 문학'을 설정해보자는 것이었다. 이 한민족 디아스포라 문학의 구도를 두고 필자는 오래전부터 '2+4 시스템'이라 호명해 왔다.

그 이후에 한반도 비핵화를 위해 형성된 정치적 회의체인 '6자회담'이 '2+4 시스템'과 지역적으로 일치하는 것은, 한반도를 둘러싼 세계열강의 세력이 정치와 문화에 있어 공히 동일한 지역적 기반을 가졌다는 의미다. 이 포괄적인 문제의 해결을 위해 우리와 유사한 형편에 있던 독일처럼, 정치와 국토의 통합에 앞서 외국인 수감자 교환 등 여러 사회적 접점을 확보하고 매스컴 교환을 비롯한 문화적 통합을 먼저 수행한 사례를 본보기로 삼아야 한다. 민족공동체의 미래에 대해 문화와 문학이 꿈꾸는 구체적 담론의 표현은, 왜 통일을 이루어야 하는가를 묻는 다음 세대에게 가장 설득력 있는 답변이 될 것이다.

북한문학과의 교류 및 접촉을 포함하여 한국문학의 의미 개념과 그 영역을 보다 포괄적으로 확대하는 노력은, 새로운 시대적 가치인 문화통합의 길을 예비하고 확장할 것이다. 또한 이 모든 영역의 재외 한국문학을 한민족 문화권이라는 이름으로 통칭하면서, 그 전반에 대한 이해와 포용을 통하여 민족 언어의 터전을 넓히는 한편 이 지구촌 시대, 국제화 시대에 대응하는 한국문학의 역량을 강화할 수 있을 것이다.

이들이 한민족 문학사의 텃밭에 핀 귀한 꽃무리라면, 이들을 잘 가꾸고 그 명맥을 이어가도록 할 막중한 책임은 '한국문학'에 있다. 이 한민족 문화권의 논리와 의미망 가운데로, 해방 이래 한국문학과 궤軌를 달리할 수밖에 없었던 북한문학을 초치招致하는 일이 중요하다. 실제적이고 물리적인 남북관계에 있어서도 그러하거니와, 더욱이 문학에 있어서 북한문학에 남북한 대결구도의 인식으로 접근해서는 그 접점을 마련하거나 문화통합의 전망을 마련하는 일이 거의 불가능하기 때문이다.

이는 남북한 문학을 포함하여 재외 한민족 문학의 전체적인 구도 속에서 남북한 문학의 지위를 자리매김해 나가는 한편 이 디아스포라 공동체의 문화적 연대를 통해 남북 상호간의 대결구도를 희석시키자는 말이다. 그리하여 남북한 양자의 문학이 무리 없이 만나고 그것의 대외적 확산을 도모하며 통일 이후의 시대에 개화開化할 새로운 민족문학의 장래를 예비하는, 다목적 기능에 뜻을 두자는 것이다.

이 길은 남북한 문학, 더 넓게는 한민족 디아스포라 문학의 교류와 연대를 내다보는 새 통로이며, 정치나 국토의 통합에 우선하는 문화통합의 추동력이 될 수 있다. 이와 같은 통일 환경에 있어서의 문화적 인식, 문학적 접근이 도외시된다면 '통일대박'의 꿈도 아득히 멀어져 물거품이 될 수 있으며, 정부의 '통일준비위원회'도 이름만 크고 실질이 없는 유명무실한 기구로 전락할 수밖에 없다.

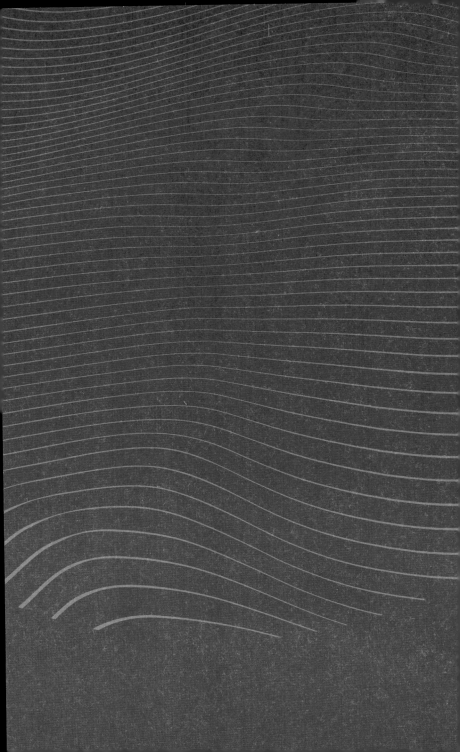

책 읽는 나라, 책 읽는 국민

2

문학가로 살아온 값진 시간

개성, 황진이에서 홍석중까지

책은 펴기만 해도 유익하다

호생지덕(好生之德)의 글쓰기

고향을 생각하는 마음

'향토문학'의 길을 묻다

봄의 심성으로 정치를 한다면

소나기마을에서 문학의 미래를 보다

짧은 시, 긴 여운을 남기다

탄생 100주년, 한국문학의 큰 별들

내일이 없는 사람처럼 부지런하라

문학가로 살아온
값진 시간
故 김윤식 선생을 다시 그리며

2018년 10월 27일 토요일 오후 5시, 서울대병원 장례식장 1층 행사장. 사흘 전에 홀연히 유명幽明을 달리한 원로 문학평론가 김윤식 교수를 영결하고 추모하는 행사가 열렸다. 오랫동안 선생을 아버지처럼 생각하고 모셨던 필자는 눈물 반 울음 반으로 이 추모식의 사회를 맡아 행사를 진행했다. 한국 문단과 문학계의 문인 및 문학 연구자, 선생의 제자와 지인 150여 명이 자리를 함께한 이날 식전式典은 시종일관 엄숙하고 장중한 분위기로 일관했지만, 어느 누구도 중도에 자리를 뜨는 사람이 없었다. 그만큼 선생의 일생에 걸친 행보와 업적이 뜻깊은 까닭에서였다.

"인간으로 태어나서 다행이었다. 문학을 했기에 그나마 다행이었다." 선생의 어록에 있는 말씀이다. 문학 연구와 비평은 교육자요 연구자로서 선생의 생애와 분리될 수 없는 화두였고, 선생은 이에 대한 역량과 열심을 넘어 이를 끝까지 향유한 역정

歷程을 살다 간 셈이었다. 선생을 기리는 순서들은 소박하지만 품격 있었고, 조촐하지만 거기 모인 사람들의 면면과 마음으로 인하여 화려했다. 그 자리에 참례한 이들은 생전의 선생께 미처 다 표현하지 못한 사랑과 정성을 담아, 그 자리가 선생을 길이 기억하는 소중한 시간이자 계기가 되기를 소망했다.

행사는 1부와 2부로 나뉘어, 1부에서 먼저 이근배 시인의 조시弔詩 낭독이 있었다. 이어서 선생의 제자 세 사람, 이동하 교수와 정홍수 평론가와 권여선 소설가의 조사弔辭 낭독이 있었다. 2부는 선생과 관련된, 그리고 선생의 글에 대한 낭송·낭독으로 먼저 성석제 소설가가 이승하 시인의 시 〈문학평론가 김윤식〉을 낭송했다. 이어 제자인 손정수 교수가 선생의 저서 《한국 근대문학의 이해》 머리말 중 〈무릎의 메타포〉를, 역시 제자인 권보드래 교수가 선생의 정년퇴임 기념강연 원고 중 〈문학을 했기에 다행이었다〉를 낭독했다. 한국 현대문학의 중심을 관류하는 명언과 명문장을 한자리에서 목도하는 형국이었다.

이날 추모식장에는 행사 전부터 선생의 생전 사진과 더불어 세 곡의 노래가 잔잔한 배경음악으로 깔려 있었다. 〈고향의 봄〉과 〈세노야〉와 〈가고파〉가 그 노래들이었다. 선생께서 이 노래들을 즐겨 부르지는 않았으나 늘 마음에 두고 있었다는 사실은 미망인 가정혜 사모님의 말씀이었다. 1부 조사와 2부 낭독에 이어 선생의 생전 모습을 담은 동영상을 관람한 다음, 우리는 그 식장에서 참으로 의미심장한 노래 하나를 '공식적으로' 같이 들었다. 윤시내가 부른 〈열애〉. 이는 사랑의 노래이지만 거기에 실린 구도자적 열정이 문학과 학문을 향한 선생의 마음과 너무 닮아 있었던 것이다. 일찍이 남수단에 선교사로 갔다가 풍토병을 얻어 세상을 떠난 이태석 신부가 투병 중 텔레비전에 나와 이 노래를 부르는 것을 보고 미망인께서 그 구도의 의미를 가슴 깊이 새겨둔 사연이 있었다.

모두 함께 일어서서 묵념을 마친 다음에, 필자는 선생께서 남겨준 일화 하나를 소개했다. 언젠가 미국의 한인 문인들을 대상으로 한 강연이 예정되어 있었는데, 선생은 인편에 봉투 하나를 보냈다. 그 속에는 〈송원이사안서送元二使安西〉라는 중국 왕유의 이별시 한 편을 수기手記로 적은 얇은 편지지 한 장, 미화 100달러 지폐 한 장, 그리고 "가다가 주막을 만나거든 목이나 축이고 가소"라는 메모가 들어 있었다. 그 순간의 감격과 감사는 지금도 생생하여 잊히지 않는다. 필자는 화중에게 반문했다. 이제 먼 길을 떠나는 선생께 우리는 어떤 '노잣돈'을 드려야 할 것인가를. 좌중은 아무 말이 없었다. 그러나 대개의 사람들이 눈물을 흘리며 울고 있었다. 큰 소리로 우는 것만이 통곡이 아니었던 것이다. 우리는 그렇게 선생을 보내드렸다.

우리가 선생께 드릴 수 있는 노잣돈은 존경과 사랑, 정성과 눈물, 그리고 선생에 대한 기억과 그 많은 가르침을 오래도록 간직하겠다는 약속이었다. 그렇게 문학의 거장 김윤식 선생은 돌아올 수 없는 강을 건너 영원한 휴식과 평안이 있는 곳으로 넘어갔다. 선생은 많은 이들의 가슴에 지울 수 없는 큰 스승으로 남았다. 이 추모식이 너무도 인상적이었던 선생의 친지 한 분은, 자녀들을 데려와 다시없을 이 장면들을 함께 보았어야 했다고 후회했다. 그는 안경환·정호웅·서경석 교수, 그리고 필자와 함께 내내 상청을 지킨 분이었다. 그런데 정작 큰 문제가 남았다. 아버지처럼 여기며 오랜 기간을 지근거리에서 모셨던 덕에 선생을 여의는 슬픔과 새로운 깨우침이 함께 찾아온 연유에서다.

중환자실에서 의식 없이 누워 계신 모습을 보면서, 얼마나 열심히 사셨으면 저렇게 한마디 말씀도 없이 한 생애를 결산하실까 싶었다. 중국 국제학술회의를 다녀오면서도 그동안에 선생께서 떠나시면 어쩌나 싶어 밤잠을 이룰 수가 없었다. 이제 선생께서 속절없이 가시고 세월은 해를 바꾸어 흐르고 있다. 필자는, 선생만큼은 아니지만 과로가 될 만큼 너무도 분주하게 살아온 지난날을 돌이켜 보며, 내 삶의 일대 혁명을 꿈꾸고 있다. '이렇게 살아서는 안 되겠다, 일의 욕심을 내려놓지 않으면 안 되겠다, 새로운 쉼과 삶의 방식이 아니고는 내일을 장담할 수 없겠다'라는 각성이 가슴 시리도록 절박해진 것이다. 필자는 선생께 제대로 된 노잣돈을 드리지도 못했는데, 선생께서는 가시는 마지막 날까지 깨달음을 선물로 주셨다.

이 진중한 전언을 어떻게 일상생활 속에서 가꾸어 갈 것인가는 온전히 필자의 몫이다. 그러고 보니 이 글은 필자가 2010년에 쓴 〈한국근대문예비평사연구 해제〉 이래 8년 만에, 선생에 대해 다시 쓰는 글이다. 그 글의 말미에 이렇게 적었었다. "백수십 권에 달하는, 각기 창의적이고 중량 있는 내용을 담은 저술의 세계를 두고, 많은 사람들이 김윤식은 100년에 한 번 나올까 말까 하는 비평가이자 학자라는 수사를 사용한다. 정제된 논리와 비평이론에 근거한 연구방법론, 근·현대를 아우르는 호활한 시야와 치열한 탐색의 정신으로 작성된 저술이기에, 이는 그저 귀에 순하도록 내놓는 찬사가 아니다." 8년 전의 이 언사는 지금도, 또 앞으로 달라질 가능성이 없다. 한데도 큰 문인, 큰 학자, 큰 스승이었던 선생을 다시 만날 수 없기에 이를 슬퍼하며 탄식할 따름이다.

개성,
황진이에서 홍석중까지

우리 문학에서 가장 오랜 시조집 《청구영언》에 전하는 시조 한 수. 조선 중기의 절창 황진이의 작품이다. "동짓달 기나긴 밤을 한 허리 버혀 내여 / 춘풍 이불 아래 서리서리 너헛다가 / 어론님 오신 날 밤이어든 구뷔구뷔 펴리라." 널리 알려진 시편이라 달리 설명이 필요하지 않다. 황진이는 유학자 서경덕, 명승 박연폭포와 더불어 '송도삼절'로 불린다. 송도는 고려의 도읍이었던 유서 깊은 도시로, 지금은 북한의 황해북도 중서부에 있는 개성이다. 그 개성이 지난 2018년 4월 27일 남북정상회담의 후속조치에 따라 공동연락사무소가 설치되었다. 분단의 현장 판문점에서 불과 12킬로미터의 거리다.

개성의 상징인 황진이는 조선조 여인으로서 보기 드물게 자기주체성을 확립하며 살았고, 시문과 가창에 능했으며 명편의 시조 몇 수가 남아 지금도 사람들의 찬탄을 자아낸다. 황진이가 고승 지족선사를 파계시켰다는 설화나, 황진이의 무덤에

잔을 올리고 시를 바친 당대의 문사 백호 임제가 파면되었다는 고사를 비롯하여 그 주변에 거느린 예화들이 자못 풍성하다. 우리가 이를 기억하는 것은 황진이를 소재로 한 소설들 때문이다. '소설 황진이'만 해도 이태준, 유주현, 전경린, 김탁환 등의 작품이 있고 특히 북한 작가 홍석중이 쓴 작품도 있다. 이처럼 어느덧 황진이는 홍길동이나 임꺽정이 그러하듯 우리 문화적 인식의 중심부에 자리를 잡았다.

이 많은 황진이 소설 가운데 강렬하게 내 가슴을 울린 것은 유주현의 것이었다. 역사적 사실과 문학적 상상력을 절묘하게 조합하여, 황진이라는 인물의 개성과 매력을 손에 잡힐 듯이 형상화했다. 마치 역사 소재의 소설이란 마땅히 이래야 한다는 하나의 모범을 보는 것 같았다. 그의 다른 장편소설 《대원군》을 연이어 읽어 보면, 역사소설을 창작하는 이 작가의 견식과 기량이 간략하지도 흔하지도 않다는 후감을 남긴다. 그리고 소설의 미학적 가치는 아쉬우나 엄중한 주목을 요하는 황진이 소설은 홍석중의 작품이었다. 이는 북한 작가의 작품이라는 단순한 판단의 차원이 아니었다.

홍석중은 현재 북한 최고의 작가로 일컬어진다. 그 가계 또한 심상치 않다. 증조부는 대한제국의 관리였다가 경술국치에 자결한 홍범식이고, 조부는 《임꺽정》을 쓴 벽초 홍명희다. 벽초가 6·25동란이 끝난 후 월북하여 북한에서 활동하는 동안, 그의 아들이자 저명한 국어학자였던 홍기문은 북한이 자랑하는 《리조실록》 편찬의 책임을 맡았다. 홍석중은 이 학술과 문학의 혈통을 이어받았고 《황진이》 외에도 대하소설 《높새바람》을 비롯한 많은 작품이 있다. 그가 쓴 《황진이》는 남한 작가들이 쓴 같은 소재의 소설들과 이야기 구도가 다르다. 이 소설에 중심인물로 등장하는 '놈이'는 황진이의 정인이자 가장 하층계급의 하인이다.

이를테면 황진이의 사랑과 예술과 남성 편력에 초점을 두지 않고 조선 중기를 살았던 한 기녀의 삶에 사회주의적 세계관을 부하한 형국이다. 세간의 화제가 되었던 것은 그와 같은 관점의 특정이 아니라, 이 소설이 그동안 북한문학에서 볼 수 없었던 성애 장면들을 사뭇 농밀하게 묘사했다는 점이다. 동시대 남한 소설에 비하면 초보 단계라 할 수 있겠으나, 북한문학으로서는 크게 놀랄 만한 사건이었다. 이와 관련하여 어느 일간지와 인터뷰를 하는 자리에서, 나는 북한문학에 이러한 표현의 자유가 조속히 확장되어야 한다고 말한 적이 있다. 한국 문단에서 이 작품을 높이 평가하여 만해문학상 수상작으로 결정하기도 했다.

홍석중은 이 소설을 150번이나 고쳤다고 술회했다. 이러한 변화는 1980년대부터 선보이기 시작한 '사회주의 현실주제'에 입각한 것이지만, 북한문학은 여전히 1967년 이래의 주체문학이 완강한 성채를 이루고 있다. 하지만 거대한 제방이 무너지는 것도 작은 틈새의 균열에서 시작되지 않는가. 그러한 기대로 모처럼 불어 닥친 남북 간의 봄바람에, 문화와 문학의 변화가 그 행보를 효율적으로 부양했으면 좋겠다. 개성과 황진이와 홍석중을 함께 떠올려보는 것은, 남북 공동의 연락사무소가 들어선 자리에 이들이 함께 얽혀 있는 까닭에서다.

책은 펴기만 해도
유익하다

　해마다 이 무렵이면 온 나라의 산하에 노란 개나리와 분홍 진달래의 꽃빛이 반가운 손님처럼 찾아온다. 이 봄날의 선연한 색깔은 어쩌면 우리나라의 상징처럼 인식되어 노란 저고리와 다홍치마가 한복의 바탕이 되지 않았나 싶다. 그런데 진달래가 피었다는 소식을 들을 때마다 어김없이 필자에게 떠오르는 기억 하나는 어린 시절 초등학교 도서관에서 읽던 《진달래와 철쭉》이라는 동화다. 그 이야기 속의 진달래와 철쭉은 가난한 집안의 형제인데 올곧게 열심히 살아온 덕에 공주 자매와 결혼하게 된다는 출세담이었다. 지금도 그 줄거리가 선명한 그림처럼 남아 있다.

　철부지였던 그때의 나는, 초등학교 상급반 아이가 맡는 도서위원의 자격으로 늘 도서관에 상주했었다. 담당 선생님의 지도를 받아 도서의 대출과 관리를 책임지는 일이었는데 그 위세가 자못 당당했다. 특히 《진달래와 철쭉》이라는 너무도 재미있는 이야기책을 빌리려는 아이들이 줄을 서 있곤 했다. 나는 책을 대출해주는 기쁨과 책 읽는 즐거움에 빠져 시도 때도 없이 도서관에 붙박여 책을 읽었다. 오늘에 이르러 일생 책을 읽고 글을 쓰는 직업을 갖게 된 연유도 결국 그 시기의 독서 체험에서 비롯된 셈이다. 시골 면 소재지의 초등학교를 거쳐 도회로 나간 중학교 때에도 점심시간이면 언제나 도서관에 있었다.

중학교 시절, 기가 막히도록 재미있는 책은 《삼국지》였다. 지금 생각하면 나관중의 대하소설 《삼국지연의》였는데, 중국의 고대사를 통해 역사적 인물들의 교훈과 인생의 경륜을 배우는 이 기이한 내용을, 그 의미도 모르는 채 때로는 점심을 거르며 읽고 또 읽었다. 유비 삼형제의 도원결의는 왜 그렇게 훌륭해 보였으며, 난세의 간웅 조조는 왜 그렇게 미웠으며, 완전인 제갈공명은 어떻게 그렇게 어린 독자를 탄복하게 했는지 알 수가 없다. 나중에 깨닫고 보니 이 물색 모르던 어린 날의 독서가 평생 학문을 좋아하게 된 계기가 됐다.

책을 읽지 않고서는 한 개인의 내면이 성장하거나 확장되기 어렵다. 개인에게 있어서도 입력보다 출력이 많으면 그 내부가 고갈되기 마련이지만 국가와 국민의 단위에 있어서도 사정은 마찬가지다. 책 읽는 나라, 책 읽는 국민이 되지 않고서 진정한 선진사회가 될 가능성은 없다. 한 개인이나 공동체가 이성적이며 합리적이기 위해, 그리고 존중할 만한 품격을 갖기 위해서는 생각의 근본을 형성하는 책 읽기 이상의 자양분이 없기 때문이다. 이는 너무도 중요하지만 너무도 상식적인 개념이라 모두가 간과하기 쉽다.

매년 4월이 되면 한국도서관협회가 제정한 '도서관 주간'이 돌아온다. 도서관의 가치와 필요성을 강조하며 이용을 활성화하자는 취지다. 몇 해 전, 경기도 부천시에서는 이 주간을 앞두고 매우 재미있는 구호를 내걸었다. '다독다독多讀多讀 내 꿈을 응원해주는 도서관'이다. 이제는 도서관이 단순히 책만 읽는 장소가 아니라 강연과 공연을 열고 전시와 체험을 함께하는 장소가 되었다. 한 지역사회와 문화 공동체가 아이와 어른을 망라해 도서관 친화의 프로그램을 개발하고 있으니 참으로 반가운 일이다. 그런가 하면 4월 23일은 유네스코가 제정한 '세계 책과 저작권의 날'이다.

독서와 출판을 장려하고 저작권 제도를 통해 지적 소유권을 보호하려는 국제적인 노력의 결과다. 이날이 4월 23일로 제정된 데는 몇 가지 뜻깊은 근거가 있다. 우선 책을 사는 사람에게 꽃을 선물하는 스페인 카탈로니아 지방의 축일인 '세인트 조지의 날'이 바로 이날이다. 그런가 하면 인류문학사를 장식한 문호 셰익스피어와 세르반테스의 사망일이 동일하게 1616년 이날이다. 사망일을 축일로 지정할 만큼 세계문학의 진일보를 기록한 문인들을 기린다는 의미다. 문화체육관광부에서는 이날을

'책 드림Dream의 날'로 정했다. 물론 책의 날을 기억하는 것보다 더 중요한 것은 한 줄이라도 책을 읽는 일이다. 개권유익開卷有益이라 했듯이 책은 열기만 해도 이롭다.

호생지덕好生之德의 글쓰기

정청광의 《시의 문장론》에 관하여

　정청광 선생의 저서 《시의 문장론》을 출간 전 편집본으로 읽으면서 여러 차례 놀란 기억이 있다. '포스트 모더니즘에 대한 전망'이란 부제가 붙어 있어서 포스트 모더니즘 시와 시론일 것으로 짐작했으나, 실제의 내용은 한국 현대시 및 수필과 세계 문학사에 이름을 가진 문학작품들을 비교 분석하는 광대한 영역에 걸친 글쓰기였다. 우선은 그 독서의 분량과 지식의 광활함에 놀라고, 이를 이론으로 진술하기를 넘어서 자신의 창작을 통해 대안까지 제시하는 과단성에 놀랐다. 동시에 그와 같은 논의에 단계와 질서를 부여하기에 급급하지 않고 자유로운 상상의 행로를 마음껏 개방해 둔 데 놀라지 않을 수 없었다.

　정청광 선생과의 첫 인연은 10여 년 전, 미국 샌프란시스코 한국문학인협회의 여름 문학캠프에서였다. 10년이면 강산도 변한다 했거니와, 거기서 만난 많은 이들이 들고 나면서 여러 변모가 있었지만 선생은 언제나 한결같이 그 자리를 지키고 있었다. 그를 크고 넉넉한 품으로 안고 있는 분은 이 문인협회의 창립자이자 현재 명예회장인 원로 소설가 신예선 선생이다. 두 분의 담화를 곁에서 듣다 보면 때로는 이심전심의 비법으로, 또 때로는 격화소양隔靴搔癢 방식으로 웃고 웃어야 할 때가 많다. 그러나 그 어느 누구도 세월에는 이길 수 없는 법이어서, 그 오랜 시간의 흐름 가운데 인간에 대한 이해와 배려가 숨어 있었다.

정청광 선생의 저술에 대한 이 글을 쓰는 연유도 그러한 관계성의 연장선상에 있다. 오랜 세월 자주 면대하다 보니, 어느덧 그의 얼굴이 익숙한 족형族兄의 면모로 눈에 새겨진 터이다. 그런 만큼 그의 저술을 읽는 시각은 글쓴이에 대한 긍정의 의도를 바탕에 깔고 출발하게 된다. 그럼에도 전체적으로 통독을 하고 남은 후감은, 글 읽기와 글쓰기에 대한 그의 열화와 같은 의욕을 단번에 표현할 수 없었다. 문학 및 문예이론의 개진을 넘어, 그 실증을 제시하고자 만만치 않은 분량으로 자신의 창작을 병기竝記하는 저돌성을 어떻게 한두 마디로 요약할 수 있겠는가.

선생은 자신이 지식의 소비자가 아니라 창조자가 되기를 원한다고 썼다. 그런 '비장한' 각오로 시적 비평의 논리와 창작을 병행해 나가면서, 여러 개념과 표현방식을 도입하는가 하면 논의의 영역에 있어서도 문학의 영역을 넘어 인류 문명 일반과 종교의 범주에까지 그 운신의 폭을 넓혔다. 그러므로 그의 문학비평은 단순한 비평에 그치지 않고 문명비평론에까지 확장되는 범인류적 욕망을 내장하고 있는 셈이다. 지금껏 한국문학사에서 빼어난 작품으로 이름을 얻은 서정시와 모더니즘 시들이 가차 없이 그의 비판대 위에 세워졌다. 문제는 그 구도와 형식 자체가 다른 평이하고 명료한 글에 비해 훨씬 더 위험부담이 크다는 사실이다.

그런데 우리의 정청광 선생은, 다른 사람의 눈이나 심지어 있을 수 있는 반론까지도 개의치 않는 태도로 일관한다. 그가 말하는 역사성·시대성·사회성의 여러 측면들은, 좋게 말하면 확고한 주관의 결정체이나 다르게 말하면 객관적 균형성의 상실을 염려하지 않는 태도에 해당한다. 그러한 사정은 수필론에 이르러서도 크게 다르지 않다. 오늘날과 같이 세상의 모든 사람들이 세속의 저잣거리를 향해 달려가는 시대에, 어느 누가 이처럼 수익도 상찬賞讚도 없는 형이상학적 문제에 매달려 있을 것인가를 반문하지 않을 수 없다. 그런 점에서 그는 고독한 소크라테스요 타협할 줄 모르는 시인 '이상'과 같다.

그의 저술에는 칼릴 지브란, 플라톤, 니체 등의 세계사적 인물들이 줄지어 등장하고 또 퇴장한다. 21세기 문명사회에 있어 미국의 국제적 역할, 남북관계의 현재적 쟁점, 간디와 마틴 루터 킹 같은 위인들의 담론 등 종횡무진의 논란이 파죽지세로 펼쳐진다. 본론에서 도저히 다 개진하지 못한 생각들은 부록에 이르러 자신의 주변문제, 문학에 대한 남은 생각, 한반도 정세

등의 모형으로 다시 되살아난다. 그 상상력의 운동 범위는 가히 천의무봉天衣無縫이다. 우리는 그의 글을 통해 복잡다단하고 다대한 분량의 사유 속에 담긴 호생지덕好生之德의 글쓰기 태도를 볼 수 있다. 하나의 문장이나 한 권의 책은 저자뿐만 아니라 독자에게도 상응한다. 저술과 독서는 독자에게 영향을 미치는 그 단계에서 완성되는 것이기 때문이다.

필자가 정청광 선생을 향해 갖고 있는 존중의 마음과 인간애는, 글과 사람에 대하여 여전히 함께 작동한다. 그의 다음 글쓰기 행보가 한결 웅숭깊어지고 진일보된 것이기를, 그리고 그의 생애가 더욱 노익장하여 더 많은 보람 있는 일을 남길 수 있기를 간곡한 마음으로 빌어본다. 일찍이 영국의 시인 윌리엄 블레이크는 "한 줌의 모래에서 세계를 보고 들에 핀 꽃에서 우주를 본다"라고 했는데, 우리의 정청광 선생은 그 많은 모래와 들꽃의 언어들을 통해 동시대의 세계와 문학, 문화, 문명을 해석하려 했다. 오랜 세월 밤을 밝히며 정진한 그의 면학열에 마음으로부터 경의를 표한다.

고향을 생각하는 마음

　올해 설날에도 나는 고향에 가지 못했다. 어린 시절부터 공부한답시고 객지 생활을 시작한지 어언 50년, 홍안의 소년은 어느 결에 노년의 초입에 이르렀다. 저 옛날 고려조의 문인 우탁 禹倬(1263-1342년)이 지은 탄로가嘆老歌가 문득 남의 일이 아닌 형국이다. 고향은 언제나 품이 넉넉한 어머니와 같다. 실제로 어머니가 고향에 계시면, 거의 모든 자녀들은 명절에 목숨(?) 걸고 고향을 찾는다. 아버지만 계셔도 대체로 그렇게 한다. 하지만 두 분 다 안 계시면 짐짓 귀성전쟁 핑계를 댄다. 지금 필자의 형편이 꼭 그렇다.

　어머니가 계시지 않는 고향은 저마다 날개를 얻어 외지로 나간 자식들에게 어떤 의미일까? 성급하게 결론부터 말하자면, 그럴 경우 고향의 존재 자체가 어머니를 대신한다. 이 인식에 이르는 데만 자그마치 반백 년의 시간이 걸렸다. 어머니를 하나의 종교처럼 섬겼던 이 땅의 시인 조병화 선생은 경기도 안성 자신의 고향에 세운 편운재片雲齋라는 문학관에 이렇게 새겨 두었다. "어머님의 심부름으로 이 세상에 나왔다가 이제 어머님 심부름 다 마치고 어머님께 돌아왔습니다." 〈꿈의 귀향〉이라는 시의 전문全文이고 '묘비명'이란 부제가 붙어 있다.

19세기 독일 시민사회를 중심으로 한 서구의 교양소설 또는 성장소설로 한 시대의 천장을 친 문호 헤르만 헤세는, 널리 알려진 장편소설《지성과 사랑》의 말미에 이렇게 썼다. "어머니가 있어야 사랑을 할 수 있고 어머니가 있어야 죽을 수 있다." 누구나 그럴 테지만, 이와 같이 어머니 얘기를 하다 보면 불현듯 잊을 수도 벗어날 수도 없는 내 어머니에 대한 기억이 가슴을 친다. 얼굴에 상처가 난 채 잠든 어린 아들을 불을 밝혀들고 들여다보던 어머니, 잠시 다니러 온 아들이 떠날 때면 동네 밖까지 바라보고 서 계시던 어머니. 이와 유사한 어머니상은 수도 없이 많다. 그런데 나는 그런 어머니를 군 입대 직전에 잃었다.

진해 해병훈련소의 찬바람 속에 신상조사서 부모형제 란의 '모'를 빈곳으로 남기면서 하염없이 눈물을 쏟았던 생각이 난다. 이 사정을 한 에세이에 썼더니 우리 문단의 원로 비평가 김윤식 선생께서 "내가 많은 사모곡思母曲을 읽었지만 이 대목은 참 좋다"라고 격려해 주신 적이 있다. 때로는 풍찬노숙風餐露宿과도 같은 타향살이에서, 필자가 목도한 모성회귀 효성의 귀감 또한 드물지 않았다. 필자의 은사이자 오늘의 필자를 있게 해준 경희대학 설립자 조영식 박사는, 해외에서 귀국하면 언제나 공항에서 댁으로 가지 않고 곧바로 어머니 산소를 찾았다. 필자의 대선배이자 '조선왕조 500년'의 드라마 작가 신봉승 선생은 그 대화의 끝이 언제나 자신의 어머니로 향했다.

이러한 필자의 경험과 생각을 담아 미국에서 공부하는 아들에게 짐짓 이렇게 말해보았다. "아들, 공부 마치면 돌아와서 우리나라를 위해 일하는 것이 어떨까?" 아들은 매우 쉽고 간편하게 반문했다. "할아버지가 아버지를 서울로 유학 보내시면서, 공부 마치면 경남 고성군 영오면 영산리로 돌아오라고 하셨나요?" 우리 부자는 서로 마주보며 박장대소를 하고 말았다. 그 아들이 이제 학위를 마치고 미국의 이름 있는 대학교수로 임용이 되었으니, 언제 돌아올지 기약이 없다. 내게 어떤 임무가 있다면, 그가 부모 외에도 조국이 가진 부모와 같은 면모를 잊지 않도록 상기시키는 일이 아닐까 한다. 향토를 사랑하는 것이 곧 나라를 사랑하는 것이다. 문학 논의에 있어서도 가장 민족적인 것이 가장 세계적인 것이라는 사실을 기억하자.

'향토문학'의
길을 묻다

1. 새로운 시대적 조류로서의 문화와 문학

'문화'라는 용어의 포괄적인 의미는, "인류가 모든 시대를 통하여, 학습에 의해서 이루어 놓은 정신적 물질적인 일체의 성과"로 되어 있다. 여기에 "의식주를 비롯하여 기술, 학문, 예술, 도덕, 종교 등 물심양면에 걸치는 생활 형성의 양식과 내용을 포함"하는 것으로 설명된다. 문화는 공동체적 삶의 원형을 이루는 것이며, 그것이 시간적·공간적 환경과 함께 지속되면서 일정한 유형을 생산한다.

하나의 국가 또는 민족 공동체 내부에서 발생하는 현실적인 문제들은, 문화적 측면의 매듭이 풀리면 모두 쉽사리 풀릴 수 있는 경우가 허다하다. 문화는 한 사회의 지식 또는 예술 작업의 총체이며, 나아가 한 민족의 전체적 생활 관습과 민족정신의 일반적 성격을 포괄하는 개념이기 때문이다. 그러한 만큼 문화는 한 국가에서, 또는 국가와 국가의 관계에서 각계각층을 통합하는 중요한 역할을 할 수 있다.

예컨대 남북 간의 관계에 있어서도 우리는 장·단기적인 계획으로 민족 통합을 앞당기고 그 미래에 대한 준비를 면밀히 추진해야 한다. 그러나 정치나 군사의 통합, 국토의 통합이 진정한 민족 통합이 아니며 그것이 결코 문화 통합보다 우선할 수 없다. 문화 통합의 충실한 성취만이 민족 통합의 필요충분조건이 될 수 있다.

그리하여 단기 계획은 민족 통합의 여건을 조성하는 것으로, 장기 계획은 미래의 완전한 민족 통합을 준비하는 것으로 추진하면서, 그 의식의 중심에 문화 통합의 개념이 자리 잡고 있어야 한다. 이는 비록 눈앞의 화급한 업무로 보이지 않는다 할지라도, 남북 간의 여러 부문에서 관계 변화의 양상이 확대되는 지금, 우선적으로 계획되고 실행되어야 할 일의 대상이요 영역이다.

오늘날 세상이 빠른 속도로 변하면서 문화의 형성과 그 성격에 있어서도 여러 가지가 달라지고 있다. 과거에는 변화하는 삶의 여러 모습이 오래도록 축적되어 문화를 이루었는데, 지금은 변화의 형식과 내용 자체가 그대로 동시대의 문화를 형성하는 상황에 이르렀다. '스피드의 시대'란 말은 이미 운동 경기나 과학 기술에만 적용되는 개념이 아니며, 우리 삶의 다양한 부면들이 정보화, 특히 전자 정보화로 변모하면서 '정보화 시대'란 용어와 곧바로 소통되는 형국이 되었다.

문학에 있어서도 그렇다. 그 빠른 변화의 걸음은, 문학사의 시대 구분이나 문학의 장르 개념 및 서술 방식 등이 그 영역 안에서 유지하고 있던 경계의 개념을 무너뜨리는 강력한 촉매제가 되었다. 이 경계의 와해는, 일찍이 문화인류학자 레비 스트로스가 '꿀과 담배'의 양분법으로 자연과 문명의 양자를 구분하여 설명하던 방식이 더는 유효하지 않다는 사실을 뜻한다. 그 양자가 함께 얼크러지고 상호간의 접촉과 환류를 통해 새롭게 형성되는 회색 지대, 회색 공간이 오히려 가치와 생산성을 인정받는 시대가 되었다.

문학 내부의 장르 유형이나 경계의 구분이 와해되는 사태는, 달리 설명하면 장르와 경계가 새로운 통합의 길을 열어 나간다는 변증이 된다. 우리는 근자에 문학 논의 현장에서 '통합 문화'나 '퓨전 문화' 등의 어휘들이 등장하고 있음을 쉽사리 목도할 수 있다.

이와 같은 문화의 개념과 성격 변화는, 문학작품의 생산자로서 작가와 그 수용자로서 독자의 지위 및 관계 변화를 유발하는 지점에까지 이르렀으며, 작품의 창작이 지향하는 지고한 가치, 이른바 독자에 대한 작가의 '교사'로서의 지위를 위협하는 수준이 되었다. 이를테면 우리의 근대문학에서, 춘원 이광수가 스스로를 '문사文士'라 지칭하며 작가가 시대의 선각임을 자처하던 시절의 영화榮華는 이제 찾아보기 어렵다.

뿐만 아니라 작품이 예술성이나 문학성을 추구하기보다 대중성이나 오락성에 더 중점을 두는 경우, 이에 대한 비판의 강도도 한결 달라졌다. 과거에는 이를 대중문학 또는 상업주의문학이라 하여 부정적 시각으로 검증하는 것이 상례였으나, 근래에 와서는 여기에 '문화산업'이라 호명하면서 그것이 가진 순기능에 주목하는 사례를 흔히 볼 수 있다.

문화산업이 하나의 시대적 조류로 등장하는 배면에는 출판 시장의 변화와 문학자본의 대형화 같은 직접적 요인이 작용하고 있다. 그리고 중요한 간접적 요인 가운데 하나는 문학 유산이나 문학인의 향토적 연고가 지방자치체의 문화의식이나 공동체적 유대를 계발하는 사업 및 그 실천과 연계되어 있다는 점이다. 이 글에서는 대중적 수용과 지역적 특성을 담은 문학이 바로 그러한 측면에서 어떤 성향과 가능성을 가지고 있으며, 따라서 그것이 앞으로 현양사업의 실질적 전개에 어떤 방향성을 담보할 수 있는지를 살펴보려 한다.

2. 지역문화 활성화의 방향성과 이병주 문학

소설적 이야기의 재미에 있어, 이병주 문학은 탁월한 장점이 있다. 초기 작품 〈소설·알렉산드리아〉로부터 〈마술사〉, 〈예낭 풍물지〉, 〈쥘부채〉 등의 단편에서는, 새롭고 강력한 주제와 더불어 독자들에게 그야말로 소설을 이야기의 재미로 읽는 체험을 선사했다. 그리고 뒤이어 출간된《관부연락선》이나《지리산》,《산하》같은 역사 소재의 장편들도 그러한 기조를 유지하고 있었고, 현대 사회에 있어 남녀 간의 사랑을 다룬 수많은 장편들도 그 미학적 가치에 대한 부정적 평가가 제기됨에도 소위 '재미'에 있어서는 탁월한 강점을 끌어안고 있었다.

이 대목은 지금은 연령이나 지위에 있어 우리 사회의 상층부가 된 그 당대의 독자들과 이병주의 소설을 다시 연계하면서, 새로운 독서운동이나 문화산업적 관심을 환기하는 계기가 될 수 있다. 그리고 읽는 재미를 전하는 유려하고 중후한 문장은, 그 강점을 더욱 보강할 수 있는 요소가 된다.

이병주 소설의 곳곳에 드러나는 동서고금의 문헌 섭렵과 시대 및 역사에 대한 견식, 세상살이의 이치와 인간관계의 진정성에 대한 성찰은, 그의 작품을 언제 어떠한 상황에 가져다 두더라도 그 현장의 직접적인 문제와 교호작용을 일으킬 수 있는 기반을 형성하게 한다. 이러한 면모는 오늘날의 재치 있고 순발력 있는 작가들에게서는 찾아보기 어려운 측면이다.

예컨대《바람과 구름과 비》같은 대하장편의 경우, 그 소설의 파장은 우리 근대사 전체, 우리 한반도의 지역적 환경 전체, 그리고 우리 삶의 실체적이고 세부적 국면에까지 미칠 수 있는 힘을 지녔다. 만약 경남 하동에서 이병주 문학을 본격적으로 기린다면, 그 일의 운용 방식에 따라 이것이 한 지역사회의 한정된 범주에 그치지 않고 전국적 지향점을 가질 수도 있다는 의미다.

'역사'를 다루는 이 작가의 소설적 인식은, '신화문학론'이라는 논리적 근거로 설명할 수 있는 확고한 체계 위에 서 있다. 동시에 근현대사의 민감한 부분들을 생동하는 인물들의 형상과 더불어 소설로 발화한 성과를 잘 집적하면, 그 당대의 역사적 고통을 감당했던 세대는 물론 역사 현실에 대한 교훈과 학습을 필요로 하는 세대에 이르기까지 폭넓은 공감을 불러올 수 있다.

이병주 소설은 그의 대표적인 역사소설들이 증명하듯, 매우 극적인 요소들을 담아 방대한 규모로 집필되었다. 동시에 근현대사에 대한 자기만의 독특한 해석적 관점이 소설 내부의 인물을 통해 발화된다. 무엇보다 이러한 역사적 성찰이 작가 자신의 구체적 체험을 바탕으로 하고 있기 때문에, 유사한 체험을 가진 다수 독자들과의 친화력을 발굴하는 데 유익하다.

이병주 문학의 장·단편 소설 가운데 지역적 연고를 가진 작품들은, 대부분 하동과 진주 등 경남 일원의 공간적 환경을 기반으로 하고 있다. 이러한 사례는 여기서 일일이 설명할 필요가 없을 정도로 많은 빈도를 보인다. 중요한 것은 하동 지역에서 이병주라는 작가를 문화적 풍토 거양擧揚의 대상으로 적극 활용하는 것이 좋겠다는 것이다.

예컨대 이병주문학관 내외에 추가의 시설물을 축조할 경

우, 단순히 외형적 건축이나 전시물만 생각할 것이 아니라 작품의 지역적 특성을 개입시킬 수 있는 자연적이고 개방적인 환경설정을 시도할 수도 있겠다. 이는 '황순원문학촌 소나기마을'이 기본적인 건축물 이외에는 친환경적인 자연공간에 소설의 상황과 1960년대 경기 북부 일원의 한국 농촌을 재현한 것과 비교해 보면 될 것 같다.

3. 대중성 및 현양사업의 조합과 박경리 문학

경남 하동을 배경으로 한 박경리의 작품세계와 《토지》의 세계관을 두루 포괄해 볼 때, 본격문학 가운데 최고의 역작인 이 작품이 그 많은 이야기의 분량과 다양성에도 강력한 대중친화력을 촉발한 데는 여러 가지 이유가 있다. 소설이 기본적으로 이야기에서 출발하고 그 이야기에 시대 또는 사회적 문제, 그리고 개인의 삶과 그 내면의 심상을 담아내는 것이지만 그렇다고 모두 독자들의 기호를 충족시키고 그 독서 패턴에 수용되는 것이 아니다.

《토지》는 시종일관 이야기의 재미를 선사한다. 이 부분에 강세가 없다면 누구도 그처럼 많은 부피의 독서를 감당하기 어려울 것이다. 세부적인 구성에 있어서도 장대한 규모의 서사를 자랑하는 한편, 각 단락의 이야기들이 그것대로 독립된 서사 체계를 지니면서 지류에서 본류로 나아간다.

《토지》는 창작 배경에 있어 1970년대 소설의 홍왕기, 창작 경향에 있어 앞서 살펴본 대하장편의 집단 출현 시기와 밀접하게 맞물려 있는데, 바로 이러한 배경 및 경향이 이야기의 재미와 조화롭게 융합함으로써 한 시대를 풍미할 수 있었다.

그런가 하면《토지》의 주제는 "인간의 존엄과 소외문제, 그리고 낭만적 사랑에서 생명사상으로의 흐름"을 지속적으로 환기하면서 시대를 뛰어넘어 오늘날의 독자들에게도 현실감을 안긴다. 이와 같은 보편적이면서도 객관적 일반화가 가능한 주제들은,《토지》를 전 시대나 앞선 세대의 이야기가 아니라 바로 동시대 현실 속에서 호흡하는 과제로 환기하게 한다.

《토지》에 관해 제기된 다양한 논의 및 연구들을 살피는 것은, 그것들의 현재적 효율성이 어떤 증빙을 갖고 있는가를 살피는 일과 다르지 않다. 그와 같은 관찰을 통해 확인할 수 있는 바,《토지》로 하여금 대중적 친화력을 유발하게 하는 또 다른 요소는 작중 인물들의 체험이 가진 역사성의 문제다.

소설의 수용자가 직접 그 시간과 공간 속에 진입하지는 않으나, 이야기 속에서 다루어지는 환경은 근세 이래 격동기의 시대사를 설득력 있는 방법으로 유추하게 하는 간접 체험의 기회를 제공한다. 거기에 경남 하동이라는, 실측 가능한 지리적 거점이 명료하게 등장하기에, 체험과 공간의 문제를 연계하여 문학적 형상력을 현실 속에 재구성하는 데 탁월한 장점이 있다.

4. 지역성과 문학형식을 함께 부양한 디카시

오늘날 세상이 변하고 시대정신도 바뀌어서, 이제는 문자문화 활자매체의 시대에서 영상문화 전자매체의 시대로 문화와 문학의 중심축이 이동하고 있다. 이러한 때에 한국에서는 짧고 감동적인 시의 새로운 장르로 '디카시'가 부상하고 있다. 디카시는 디지털카메라와 시의 합성을 말하는 새로운 시 형식이다.

누구나 손에 들고 있는 스마트폰으로 풍경을 순간 포착하고, 그 사진에 꼭 맞는 짧고 강렬한 몇 줄의 시를 덧붙이는 것이다. 일상 속에서 가장 가까이 손에 미치는 영상도구를 활용하여 가장 쉽고 공감이 가는 감각적인 시를 산출하는, 현대적 문학 장르라 할 수 있다. 그러한 영상시의 유형이 가능하리라는 생각과, 그것을 시의 방식으로 추동하고 더 나아가 하나의 문학운동으로 이끄는 행위 사이에는 큰 차이가 있다.

이상옥을 비롯한 한국 남부 지역의 시인들로부터 시작된 이 시 운동은, 누구나 디카시 시인이 될 수 있다는 보편성과 개방성이 강점이다. 짧고 강하고 깊이 있는 시, 거기에 생동하는 영상의 조력을 함께 품고 있는 시의 형식이 폭넓게 확산되는 경과를 보이는 것은 매우 당연한 일인지도 모른다.

앞으로 우리가 살아갈 세상이 어떻게 바뀌든, 이처럼 손쉽게 독자와 만나고 교류하는 시의 전달방식이 소실되지는 않을 것이다. 이 짧은 시들이 제몫을 다하게 하는 방법은 결국 그 시에 삶을 투영하는 것이고, 그런 점에서 디카시는 문자시의 다음 단계라 할 수 있다.

누구나 창작하고 향유할 수 있는 문학 장르로, 스마트폰 영상과 함축적인 시가 결합해 두 영역이 상호 조응하면서 시적 목표를 한껏 고양시킨다. 영상과 문자의 조화를 통해 명징한 상상력을 추구하고, 시적 의미를 확장하며 그 심층을 감응력 있게 표현한다. 동시에 불확정적인 현실을 살아가는 우리로 하여금 강한 생명력을 꿈꾸고 자유로운 정신을 지향하게 한다. 디카시는 가장 가까운 거리에, 가장 손쉬운 방식으로 우리 곁에 머문다.

시가 곧 삶이 되고 삶이 곧 시가 되는 동시대의 새로운 경전, 그것이 디카시의 매혹이다. 그런데 이 새로운 문학 형식으로서의 디카시가 경남 일원을 중심으로 창달되었다는 것은, 지역문화와 문학의 빛나는 개가凱歌에 해당한다. 지역성이 새 문학의 방향을 예인하고 문학이 지역의 부가가치를 부양하는 훌륭한 사례다.

5. 지역문학에의 인식 변화와 성숙을 위하여

문학이 한 시대의 지도적 교범으로 기능하던 과거처럼, 먼지를 둘러쓴 책장 안에서 수요자의 손길을 기다리는 것만으로는 이제 설 자리를 찾을 수 없게 되었다. 문학은 능동적으로 대중독자를 찾아가야 한다. 문학은 더 이상 저택의 안채를 점령한

'주인'이 아니며, 그 주변을 지나가는 '길손'에게 자신의 존재가
치를 설득해야 할 상황에 이르렀다.

이러한 변화된 관점을 가져야만, 지역을 찾는 사람들이 주
변의 산야를 따라 지역 문학을 체험할 수 있을 것이다. 앞서 언
급한 바와 같이 이병주국제문학제와 같은 공모전을 통해 하동·
지리산·이병주 등의 지역적 특성을 디카시로 형상화한 것은 이
에 좋은 범례가 된다.

평사리의 《토지》 기념행사가 그러하듯, 이병주와 그의 문학
또한 이 지방자치 시대에 있어 한 지역의 대표적 상징으로 떠오
를 만한 충분한 값어치가 있다. 작가를 지속적으로 기림으로써
지역사회는 문화 활동의 큰 걸음을 내디딜 것이며, 그것은 향토
를 사랑하는 일이 곧 나라를 사랑하는 일임을 증명해줄 것이다.

물론 단순히 작품의 무대를 두고 호사가적 관심을 유발하
기 위해 호들갑을 떠는 근시안적이고 비본질적인 태도는 옳지
못하다. 그러나 이곳 하동을 향리로 하는 작가와 문학을 홀대하
고서 그 지역사회의 문화의식이 성숙하기를 기대하는 것 또한
어불성설이다. 과거와 달리 현장성이 강조되는 지방자치 시대
에 진정한 향토문학으로 하나의 표본을 제시하는, 문화 인식과
행정적 추진을 기대해볼 때이다.

봄의 심성으로
정치를 한다면

월초에 입춘立春을 거치고 우수雨水 또한 지나왔으니 절기로
말하면 봄이 왔다. 우수는 눈이 녹아서 비나 물이 된다는 날이
며, 그 비로 봄싹이 튼다는 뜻을 가졌다. 날씨가 좋은 날에 주막
에 이른 손님보다 비바람을 헤치고 온 손님이 더 따뜻하게 영접
받는 것이 순리가 아닐까. 그렇다면 지루하고 추운 겨울 한가운
데를 가로질러서 반가운 손님처럼 당도한 봄이 네 계절 중에 가
장 기꺼워야 옳겠다. 일찍이 P. B. 셸리가 〈서풍부〉에서 "계절의
나팔소리, 오 바람이여, 겨울이 오면 봄 또한 멀지 않으리"라고
노래하던 그 봄. 우리는 누구나 봄으로부터 새로운 의욕과 기력
의 섭생을 꿈꾼다.

봄을 두고 햇빛이 싱그러운 '청양靑陽'이나 나무의 기맥이
되살아나는 '목왕木旺'이라는 별칭을 사용하기도 한다. "봄철의
숲속에서 솟아나는 힘은 인간에게 도덕상의 선과 악에 대하여
어떠한 현자보다 더 많은 것을 가르쳐 준다"라는 구절이 W.워

즈워스의 시에 나온다. 세세연년 어김이 없는 사계의 순환은 단순히 우주자연의 이치를 확증하는 데 그치지 않고, 은연중에 인간으로 하여금 그 순리를 따라 올곧게 살 것을 요구한다. 이 내면의 소리를 들을 수 있는 귀를 가졌다면, 그는 지혜로운 사람이다. 그런데 우리는 이 간곡한 소리를 쉽게 놓치거나, 듣고도 짐짓 못들은 척한다. 세속의 저잣거리로 달려가야 하는 마음의 행차가 너무 바쁜 까닭에서다.

왜 2월 초순을 입춘이라 했을까. 날씨는 여전히 매섭게 찬데, 봄이 왔다고 강작한 까닭이 무엇일까. 이는 세상의 표면과 그 속에 숨은 삶의 국면이 너무 다를 때, 그 연유를 묻는 질문과 흡사하다. 중국 한나라 때 궁녀였던 왕소군王昭君이 흉노와의 화친을 위해 팔려가서 지은 시 한 구절은 이러한 상황을 통렬하게 풍자한다. "호나라 땅에는 화초가 없으니, 봄이 와도 봄 같지 않구나胡地無花草, 春來不似春"라는 수사가 그것이다. 2월도 하순에 이르러 이 땅에는 봄기운이 감돌기 시작했건만, 아직도 사람들의 마음속에는 백가쟁명인 우리 사회의 모습과 더불어 엄동설한의 혹한이 그대로다. 봄이 오고 있으면 너나없이 정신을 좀 차리고 봄맞이를 해야 온당할 텐데.

20세기 미국의 주요 작가로 평가받는 윌리엄 사로얀William Saroyan(1908–1981년)이 1943년에 출간한 《휴먼 코미디》란 소설이 있다. 제2차 세계대전 당시 캘리포니아의 가상 도시 이타카

시를 배경으로, 전보 배달원인 호머라는 이름의 소년과 그의 가족 그리고 이웃 사람들의 이야기를 따뜻하게 그린 작품이다. 그 가운데 이런 장면이 있다. 한 청년이 이타카 전신국에 들어가 스팽글러 국장에게 권총을 겨누고 돈을 내놓으라고 한다. 자기가 죽는 것도, 누굴 죽이는 것도 두렵지 않다면서 겁박한다. 국장은 서랍에서 돈을 꺼내 탁자 위에 놓고 말한다. 네게 돈이 필요한 것 같으니 이 돈을 선물로 주겠다. 신고하지 않을 테니 곧바로 고향으로 돌아가라. 결국 청년은 국장 앞에 권총을 내려놓고, 두 사람은 긴 대화를 시작한다.

청년을 의자에 앉혀놓고 국장이 들려주는 고백과 충고와 회상의 이야기들은, 배포가 큰 남자의 호기豪氣를 말하는 것이 아니다. 한 청년이 인간다운 길을 벗어나려는 상황에서 그것을 바로잡는 극진한 인간애를 보여주려 했다. 그 생각이 분명한 자기 색깔을 얻을 때, 거기에 참된 용기와 용서가 있다. 이러한 인간애는 겨울의 찬 얼음을 녹이고 봄날의 훈기를 불러오는 힘을 가진다. 《논어》의 〈위령공편〉에서 공자는 그 제자 자공이 '종신토록 행할 만한 한마디 말'이 무엇이냐고 물었을 때, "아마도 서恕일 것이다. 이는 자기가 하고자 하지 않는 것을 남에게 시키지 않는 것이다"라고 대답했다. 이 '서'는 곧 '용서할 서'이다. 정말 용서다운 용서는, 용서할 수 없는 것을 용서하는 것이 아닐까.

인간다운 인간, 제대로 된 인간에 대한 공자의 가르침 하나를 더 찾아보자. 정치에 뜻을 둔 공자가 모범으로 삼은 인물, 일생을 두고 존경했던 인물이 주나라의 재상 주공이었다. 그런데 《논어》의 〈태백편〉에 다음과 같은 기록이 있다. "설령 주공과 같은 아름다움을 가지고도 교만하고 인색하다면, 그 재주 외에는 아무것도 볼 것이 없다." 이 불후의 현실주의 정치가요 사상가가 그토록 경계한 교만과 인색은, 가장 대표적인 '겨울'의 품성이다. 사람들의 마음이 주리고 갈급할 때, 이를 녹여줄 '봄'의 심성은, 서로 돕고 나누고 화합하는 인간다움의 회복에 있다. 그러나 오늘 우리 사회가 당착하고 있는 현실은 겨울의 품성과 같다.

개국 이래 초유의 '국정농단' 사태를 겪으면서 그리고 탄핵이든 임기 만료든 시계視界 안으로 들어온 대선정국을 바라보면서, 필자는 겨울을 넘어 봄의 마음을 실행할 리더를 만나고 싶다. 국민의 마음을 하나로 모으기 위해 노력하는, 교만과 인색을 벗어난 지도자는 없을까. 자기 진영이나 지지자만이 아니라 상대방에서도 수긍할 만한 언어와 행동, 그것을 구현할 안목 있는 지도자는 없을까. 대선 주자가 내놓을 이른바 '난국을 타개할 청사진'은 그렇게 국민의 마음을 얻는 진정성 있는 방안이 전제되지 않는다면 한갓 무망한 공염불에 그치고 말 것이다. 애써 마련한 공약公約이 공약空約이 되고 말 터이니 현상보다 본질이 우선이라는 말이다.

오늘날의 가장 시리고 엄혹한 겨울 풍경은 매주 주말마다 서울 한복판에서 펼쳐진다. '촛불'과 '태극기'가 그렇게 국론을 분열하고 나라를 두 동강으로 가르라고 있는 것이던가. 다른 사람들의 의견도 귀 기울여 듣고 상반된 주장을 조율하여, 최선이 아니면 차선의 길을 찾아가는 것이 민주주의의 본령이 아니던가. 국가가 처한 내외의 난국을 외면하고 자기 집단의 정략적 이익만 추구하는 정치 지도자들은, 눈앞의 봄을 기릴 자격이 없다. 그들로 인하여 자칫 우리 모두가 봄이 오지 않는 겨울을 살게 될지도 모르는 형국이다. 우리는 왕왕 작은 것을 심고서 큰 것을 거두려 하고, 때로는 심지도 않고 거두기만 하려 한다. 삼라만상이 새로운 생명력을 준비하는 입춘지절에, 자연의 질서를 삶의 현장에 대입하는 지혜가 우리 모두에게 절실하다.

소나기마을에서
문학의 미래를 보다

한반도를 가로지르며 동쪽 두 방향에서 흐르던 물길이 한
데 모여 한강을 이루고 서울을 거쳐 서해로 빠져나가는 그 중간
어름. 남한강과 북한강이 합수한다고 해서 경기도 양평의 '양수
리'다. 양수리에서 북한강변을 따라 길을 거슬러 오르다가 오른
편의 중미산 자락으로 파고들면, 문득 시야가 시원해지며 평화
로운 산골에 고즈넉이 펼쳐진 시골마을을 만난다. 행정구역으
로는 서종면 수능리. 그리 많지 않은 농가들이 옹기종기 모여
엎드려 있고, 저만치 낮은 산등성이의 사철 푸른 나무들 사이로
원뿔형의 건물 지붕이 솟아올랐다. 황순원문학촌 소나기마을
이다.

20세기 격동기의 한국문학에 순수와 절제의 극極을 이룬
작가, 황순원의 대표적인 단편 〈소나기〉의 소설 무대를 재현
한 공간. 〈소나기〉는 첫사랑을 경험하는 소년과 소녀의 순수하
고 아름다운 이야기를 담았다. 우리가 차마 사랑이라는 이름으

로 부르기도 조심스러운, 그 애틋하고 미묘한 감정적 교류가 고스란히 살아 있다. 이 소설의 중심인물은 시골 소년과 윤초시네 증손녀인 서울 소녀다. 이들은 개울가에서 가까워지고 벌판 건너 산에까지 갔다가 소나기를 만난다. 몰락해 가는 집안의 병약한 후손인 소녀는 그로 인해 병이 덧나 죽는다.

소녀는 물이 불은 도랑물을 소년의 등에 업혀 건너면서 물이 옮은 스웨터를 입은 채 묻어달라는 '잔망스러운' 유언을 남긴다. 그런데 〈소나기〉에서 정작 중요한 것은 그와 같은 이야기의 줄거리만이 아니다. 간결하면서도 정곡을 찌르는, 속도감 있는 묘사 중심의 문체가 보석처럼 빛나는 작품이다. 작은 사건과 사건들, 그것을 감각하는 소년과 소녀의 미세한 반응 등 사소하고 구체적인 부분들의 서정성과 표현의 완전주의가 이 소설의 청신한 문면에 배어 있다. 실제로 소설의 배경을 구체적 형상으로 재현하는 데 있어 이러한 장점을 제대로 살리는 일은 참으로 어려운 과제가 아닐 수 없다.

〈소나기〉에 묘사된 마을은 경기 북부 지방의 전형적인 시골 풍경을 보여주고 있다.

소년은 갈림길에서 아래쪽으로 가 보았다. 갈밭머리에서 바라보는 서당골 마을은 쪽빛 하늘 아래 한결 가까워 보였다.

어른들의 말이 내일 소녀네가 양평읍으로 이사 간다는 것이었다.

거기 가서 조그마한 가겟방을 보게 되리라는 것이었다.

이 인용문에서 우리는 작가가 구상한 서당골 마을, 곧 소년과 소녀가 만남을 이어온 개울이 있는 그곳이 어디인지 어렵지 않게 유추할 수 있다. '소녀네가 양평읍으로 이사간다'라는 명문明文을 두고 대체로 양평 관내에서 읍으로 이사 간다고 보는 것이 타당하기 때문이다. 작가 황순원이 23년 6개월 동안 교수로 재직하면서 많은 제자를 길러낸 경희대학교, 그리고 '국민단편'으로 불리는 〈소나기〉의 무대 양평군은, 이 문장 한 줄에 의지하여 함께 손잡고 이곳에 소나기마을을 세웠다. 작가는 생전에 학생들과 더불어 양평 일원으로 작품 취재, 야유회, 답사, 낚시 등을 자주 다녔다.

단편 〈나무와 돌, 그리고〉와 같이 양평 용문산의 은행나무를 직접적인 소재로 한 작품도 있고, 또 농촌이 배경인 작품 가운데 여럿이 양평의 자연 경관을 묘사하고 있다. 소나기마을을 계획하던 초기, 필자를 비롯하여 인문적 상상력이 넘치던 기획자들은 작가와 양평의 상징적 상관성에 관한 흥미로운 요소들을 여러모로 탐색하고 또 발굴했다. 작가가 젊은 시절을 보낸 평양의 두 음절을 거꾸로 읽으면 양평이 된다. 부인 양정길 여사의 성씨楊와 양평의 첫 글자楊가 같다. 또한 양평군의 전신인 양근陽根군과 지평砥平군의 어의語義가 작가의 인품 및 작품세계의 특성과 부합한다.

부드러운 버드나무의 굳센 뿌리나 숫돌砥 같은 공평성은, 작가가 자신의 삶이나 작품을 통해 보여준 온화하면서도 엄정한 정신을 표상하는 측면이 있다. 말하자면 소나기마을은 작가의 생애와 작품, 그리고 그 정신적 내면이 조화롭게 반영될 수 있도록 처음 목표를 지속적으로 붙들고 있는 경우이다.

위의 인용문에서 보이는 여러 낱말들, '갈밭머리'나 '쪽빛 하늘' 그리고 '가겟방' 등은 소나기마을 안에 3층 건물로 서 있는 문학관의 구역 이름이 되었다. 한 작가의 한 작품을 중심에 둔 이 문학테마파크는, 〈소나기〉 속의 자연적 배경을 그대로 재현하여 마을을 한 바퀴 돌면 마치 소설 작품 속을 한 바퀴 돌아 나오는 느낌이 들도록 동선을 구성했다.

이와 함께 아주 실용적인 문학관과 부대시설을 구비하여 작가 유물 및 작품 전시, 동영상 상영, 세미나실·도서실·실내강당·야외공원장 운영 등을 병행하고 있다. 소설의 수숫단 모양을 본떠 지은 문학관에는 작가의 생애와 작품을 시청각 시스템으로 형상화하고 체험할 수 있도록 한 설비들이 조화롭게 배치되어 있다. 각각의 방에는 중앙 홀, 작가와의 만남, 작품 속으로, 〈소나기〉 속으로 등의 호명이 부여되어 있다. 그리고 〈소나기〉의 스토리 종결 이후를 재구성한 애니메이션 〈그날〉을 상영하는 남폿불 영상실이 있고, 방문자들이 쉬면서 작가의 문학을 시각·청각·촉각으로 만나는 다면 체험의 공간 마타리꽃 사랑방이 있다. 이때의 '남폿불'이나 '마타리꽃'도 모두 작품 속에서 가져온 이름이다.

문학관을 나서면 오른쪽에 작가의 유택이 있고, 1만 4,000평에 이르는 일대의 야산이 황순원 문학공원으로 조성되었다. 겨울철을 제외하고는 공원 중앙의 소나기광장에서 하루 몇 차례 인공 소나기를 맞을 수 있다. 공원 전체를 채우고 있는 원두막, 수숫단, 산책로, 들꽃 꽃밭 등은 몸과 마음이 지친 현대의 도시인들로 하여금 세속의 분진을 씻어내고 부드럽고 섬세하고 아름다운 감성을 되찾게 하는 쉼터로 마련되었다. 이와 같은 재현과 체험의 방향성은 〈소나기〉라는 작품의 그 이름만으로도 가슴속에 감동이 차오르고, 어린 시절의 기억과 첫정의 순수가 수채화처럼 마음에 스며드는 까닭에서다.

지금의 기성세대는 모두 이 작품을 읽으며 문장 및 문학을 배웠고, 그러하기에 연륜이 더해 갈수록 그 아련한 정감이 더욱 그리워지는 소설이다. 소나기마을은 이처럼 해맑은 동심의 세계와 소중한 과거로의 회귀를 원본 그대로 살리려는 '선량한' 의도를 담았다. 대부분의 시끄러운 논란은, 그 내부를 들여다보면 처음의 순수성을 잃어버린 채 '이기적인' 생각으로 살아가기 때문에 생기는 사단이다. 비록 조금의 분량이라도, 자기편의적 해석과 잘 포장된 욕망을 내려놓으면 한결 쉬울 텐데, 사람들은 그 간단한 이치를 모른다. 이 작지만 소중한 깨달음을 각자의 가슴에 지피는 일이 소나기마을의 존재 이유 가운데 하나다.

소나기마을에는 건립 5년을 넘기면서 13만 명에 이르는 유료입장객이 찾아왔다. 국내 최대의 규모다. 여름휴가 기간에는 주말에 하루 2,000명이 넘는 방문자들이 문학관과 광장과 산책로에 넘친다. 여기에서 중요한 것은 문학관의 외형이 아니라 그것을 채우는 내실의 단단함과 충실도였다. 황순원의 문학 세계를 다시 연구하여 이 콘텐츠를 구성하는 데 3년이 걸렸고, 이를 구체화하는 문학관과 야외 시설을 완공하는 데에도 꼬박 3년이 더 걸렸다. 2003년 6월 양평군과 경희대학교가 자매결연을 맺고 추진위원회를 발족한 이래, 2009년 6월 개장하기까지 6년간의 세월이 소요되었던 것이다.

소나기마을이 완공되기까지는 적지 않은 난관이 있었지만 창의적인 아이디어와 성실한 수고가 헛되지 않아, 소나기마을은 한국의 대표적인 문화 명승으로 자리를 잡아가고 있다. 근래의 소나기마을은 새로운 중장기 발전계획을 세우고 제2의 건립, 제2의 도약을 꿈꾸고 있다. 야산 산책로를 구분하여 이미 이름표를 붙여 둔 황순원의 다른 작품들을 조형으로 형상화하는 일, 황순원 문학으로부터 문학의 인본주의 일반으로 그 개념을 확대하는 일, 그리고 이에 부응하도록 마을 전체를 보완하고 확장하는 일 등이 계획 중에 있다. 누구나 찾아와서 세상살이의 아픔과 어려움을 내려놓고 동심과 순수성을 회복함으로써 새로운 기력의 섭생을 도모할 수 있는 문화 공간, 그것이 소나기마을이 가진 '오래된 미래'의 꿈이다.

짧은 시,
긴 여운을 남기다

1.

 간략하면서도 깊은 의미를 담고 있는 말을 들을 때, 우리는 그 발화자를 경외한다. 인간의 사상과 감정을 최대한으로 축약하고 이를 운율에 실어서 표현하는 시에 있어서는 더 말할 나위가 없다. 옛 선조들은 짧은 시에 진중한 생각을 담는 데 능숙했다. 한시에 있어서 절구絶句나 율시律詩의 형식이 그렇고, 시조 또한 기본이 3장 곧 3행으로 제한되어 있다. 그 짧은 문면에 우주자연의 원리와 인생세간의 이치를 담아 이를 후대에 남겼다. 한국문학사를 풍성하게 장식하고 있는 그 많은 시조 가운데 하나를 들어 보겠다. 조선시대의 문인 이조년의 시조다.

 이화에 월백하고 은한이 삼경인제
 일지 춘심을 자규야 알랴마는
 다정도 병인 양하여 잠 못 들어 하노라

흰 배꽃에 달빛마저 하얗게 부서지는 밤, 하늘의 은하수가 깊은 밤을 알려주고 있다. 그 가운데 한 가닥, 봄의 마음을 두견 새인들 알겠냐마는, 정이 많은 것이 병이 되어 그대로 밤을 밝히고 있다는 말이다. 계절로 보면 봄밤일 터이고 시간으로 보면 한밤중이다. 풍광의 처연한 아름다움과 가슴 설레는 동계動悸가 거기에 있다. 이를 감각할 수 있는 서정의 흐름이 영혼을 맑게 씻어줄 수 있을 듯하다. 한국의 이름 있는 시인 조지훈은 이 시조의 종장을 빌려 그의 시 〈완화삼〉의 끝맺음에 썼다. '다정하고 한 많음도 병인 양하여 달빛 아래 고요히 흔들리며 가느니'가 그 구절이다.

한국에서 가장 오랜 시조집 《청구영언》에 전하는 조선조 기생 황진이의 시조들은, 시대적 한계와 신분의 제한을 넘어서는 절창이다. 그 기량에 있어 사대부 선비의 시조에 굴하지 않는 것은, 이 문학의 형식이 난해하지 않고 길지 않다는 데 일말의 이유가 있다. 그런데 짧고 쉬우면서 깊은 뜻을 안고 있는 시나 글이 결코 만만할 리 없다. 조금 범위를 넓혀서 보면, 인간을 영생의 길로 인도하는 종교의 경전은 그 가르침이 어떤 경우라도 어렵거나 복잡하지 않다.

2.
한국 서울의 중심가인 광화문 네거리에 큰 사옥을 가진 어느 기업이, 그 건물 외벽에 초대형 '글판'을 운영하고 있다. 이른바 '광화문 글판'이라 불리는 공익성 글 게시 캠페인이다. 짧은 시의 전문全文 또는 시의 한 구절을 선정하여 계절마다 바꿔 거는데, 그 세월이 벌써 25년이다. 이 소문난 걸개 시화전은 도심都心의 미관을 시원하게 하고 광화문 거리를 지나는 하루 백만 인파를 즐겁게 한다. 25년이 되는 해에, 그동안 게시된 100편의 시를 두고 설문조사를 했더니, 1위로 꼽힌 시가 나태주의 〈풀꽃〉이었다.

자세히 보아야 예쁘다
오래 보아야 사랑스럽다
너도 그렇다

정말 짧은 시다. 모두 석 줄밖에 안 되니 그 글판에 전문을 새길 수 있었다. 경구警句처럼 짧은 시 한 편이 각자의 가슴에 남기는 감동은, 사람마다 다르고 또 그 마음가짐에 따라 다를 수밖에 없다. 그런데 여기서 강조하여 말하고 싶은 것은, 바로 그 짧은 시의 힘과 쓸모에 관해서다. 심금을 울리는 감동은 많은 말이나 긴 글에 의지하지 않는다. 그래서 고어 중에는 극단적으로 촌철살인寸鐵殺人이란 용어도 있다. 짧고 쉽지만, 교훈과 감동을 가진 글이 오래 간다. 시도 그렇다. 더욱이 요즘처럼 신산스러운 삶과 고단한 정신을 견뎌야 하는 시대에 있어서는 더욱 그렇다.

한국 시단의 대가大家들이 남긴 짧은 시가 사람들의 입에 오래 머무는 현상은 이러한 세태를 반영한다. 다음은 작고한 시인 조병화(1921~2003년)의 〈해인사〉라는 시다.

큰 절이나 작은 절이나
믿음은 하나
큰 집에 사나 작은 집에 사나
인간은 하나

사찰의 크기와 믿음의 수준을 재는 눈으로 집의 크기와 인간됨의 수준을 재는, 놀라운 대비對比와 각성의 도식을 이끌어 냈다. 본질적인 것은 외형에 좌우되지 않는다. 이 짧은 시에는 눈에 비친 경물과 눈에 보이지 않는 인간사의 이치를 통찰하는 사유思惟의 깊이, 그리고 시적 완성도가 함께 결부되어 있다. 다시 한 편의 시를 더 보기로 하자. 고은의 〈그 꽃〉이라는 시다.

내려갈 때 보았네
올라갈 때 못 본
그 꽃

인생에 여러 굴곡이 있음을 모르는 이는 없을 것이다. 그러나 오랜 연륜에 걸쳐 그 굴곡들을 두루 밟아 보지 않고서는 그것의 숨은 내막을 모두 체현하기 어렵다. 지식으로 알고 있는 것과 경험으로 아는 것은 다르다. 이 짧은 시 한 편에는 그와 같은 세상살이의 웅숭깊은 내면, 일생의 시간을 대가로 지불하고서야 체득할 수 있는 깨우침의 교훈이 잠복해 있다. 사정이 그러한데 어떻게 이러한 시를 수발秀拔하다 하지 않겠는가.

3.

짧은 시가 대세라는 말은, 근래의 한국문단에서 '극極서정시' 운동을 벌이고 있는 일군의 시인들에 이르러 현실적 효력이 발현되었다. 일반적인 독자를 배격하는 시의 난해함을 버리고, 인간의 서정적 감성을 발양하는 시를 쓰되 짧고 울림이 있는 방식을 채택하자는 것이다. 소통 불능의 장황하고 난삽한 시의 실험적 행렬에서 벗어나, 누구나 쉽게 공감할 수 있는 언어로 짧고 간결하게 쓰자는 시 운동이다. 시인이자 문학평론가인 최동호의 주창과 더불어 조정권, 문인수, 이하석 등의 시인들이 그 중심에 서 있다.

물론 쉬운 시가 좋은 시라는 등식이 언제나 통용되는 것은 아니다. 한국문학, 더 나아가 세계의 문학에는 의미 해독이 어렵고 상징성이 강한 명시들이 즐비하다. 하지만 독자들이 점점

문학작품으로부터 멀어지는 오늘의 현실에 비추어, 이 독자친화의 서정시 운동이 갖는 효용성은 결코 가볍다 할 수 없는 것이다. 그렇게 세상이 변하고 시대정신도 바뀌어 가는 마당에, 이제는 문자문화 활자매체의 시대에서 영상문화 전자매체의 시대로 문화와 문학의 중심축이 이동하고 있다. 짧고 강하고 깊이 있는 시, 거기에 생동하는 영상의 조력을 함께 품고 있는 시의 형식이 폭넓게 확산되는 것은 매우 당연한 일인지도 모른다. 앞으로 우리가 살아갈 세상의 모습이 어떠하든 간에, 이처럼 손쉽게 독자와 만나고 교유하는 시의 전달방식이 시드는 법은 없을 것이다.

탄생 100주년,
한국문학의 큰 별들

　한국 현대문학에 있어 유난히 탄생 100주년에 이른 문인이 많다. 시인 박목월과 서정주, 소설가 황순원·임옥인·임순득, 극작가 함세덕, 아동문학가 강소천, 평론가 곽종원 등이다. 이들은 1915년, 한일합방이 강행된 지 5년째의 각박하기 이를 데 없던 시절에 태어나 어리고 젊은 날들을 일제강점기 아래 보낸 다음, 서른의 나이에 광복을 맞았다. 연이어 민족상잔의 6·25전쟁과 전후의 궁핍한 시대를 겪어야 했고, 새로운 사회 제도 가운데 정착해야 했다. 이처럼 곤고한 삶의 과정을 견디며 글을 쓴다는 것은, 어쩌면 숙명과 같은 굴레였는지도 모른다.

　그러나 이들의 문학은 각자의 이름 석 자를 견고히 세운 영광의 징표이기도 했다. 삶과 문학의 바탕이 된 시대적 배경이 그러했던 만큼, 그들의 문학은 자연히 역사성과 민족성을 띨 수밖에 없었다. 동시에 오늘의 상황에서는 꿈도 꾸기 어려운 '민족의 교사'로서 존중받는 문학이 가능했던 것이다. "현실이 가

파르고 엄혹한 언덕을 넘을 때 문학이 한결 빛나는 면모를 가꿀 수 있다"라는 말이나, "국가가 불행할 때 시인은 행복하다"라는 옛 시의 한 구절이 꼭 맞는 셈이다.

이 문인들 가운데 대표적인 세 사람을 들자면 박목월, 서정주, 황순원이다. 박목월은 시종일관 따뜻한 인간애를 잃지 않은 시인이었다. 그와 그의 동류 청록파 시인들은 민족어 말살의 압박 속에서 모국어의 순수성과 아름다움을 지켰다. 특히 박목월은 간결한 언어의 조합으로 민족 정서의 정수精髓를 꽃피웠다. 서정주는 인간적 결핍을 문학의 미덕으로 승화시킨 시인이다. 그와 더불어 한국시는, 현대시의 형식 안에서 전통적 서정을 완성할 수 있었다. 그는 이 대목의 찬란한 성좌요, 지워지지 않는 전설이다. 황순원은 작가로서의 명성에 못지않게 올곧은 인품으로도 존경받았다. 그 인품과 작품의 문학성이 시너지 효과를 일으킨 덕분에 많은 후배·제자 문인들이 그를 따랐다. 60년에 걸쳐 작품을 쓰면서 한국현대사의 굴곡을 작품 속에 수용하는 한편, 문학적 절제와 완결성의 미학을 보여주었다.

이들 세 문인의 경우는, 생전에 이미 기림을 받는 예술가로서의 영예를 누렸다. 생애의 오랜 기간을 고난과 빈핍 속에 살아왔지만, 가시밭길을 지난 자리의 화원花園은 상대적으로 풍성했다. 전쟁이 끝나자 대다수의 이름 있는 문인들이 납북되거나 월북한 터라, 이들은 30대 후반부터 대가요 원로의 몫을 감당했으며 거기서 자만하지 않고 자신의 문학세계를 끝까지 잘 이끌고 나갔다. 그렇기에 오늘의 우리가 문학사의 거목이 된 이들을 한자리에서 조명할 수 있게 되었다.

현대 영문학에서 부동의 지위를 가진 《폭풍의 언덕》의 에밀리 브론테나 《모비딕》의 허먼 멜빌은, 작가로서 생전에 빛을 보지 못했다. 브론테는 오래 악평에 시달렸고, 멜빌은 작품을 통해 큰 수익을 얻지 못한 채 유명幽明을 달리했다. 지금은 불후의 명작이 된 이 작품으로 멜빌이 얻은 인세 수입은 고작 556.37달러에 불과했다. 그 책도 처음에는 서점의 수산서적 코너에 꽂혀 있었다고 한다. 마치 생전의 빈센트 반 고흐가 그 많은 역작을 남겼지만 한 푼의 경제적 도움도 받지 못했던 불행한 사정과 같다. 거기에 비하면 여기 한국의 문인들은 존경받는 삶을 살았다.

100년의 세월은 어느 모로나 간단하지 않다. 한 사람의 일생이 100년을 넘기 어려운 탓이다. 해마다 꽃은 다시 피지만 사람은 한 번 가고 나면 돌아오지 않는다. 문학에 있어서 이미 지나간 100년과 앞으로 다가올 100년을 이어주는 가장 튼실한 연결고리는, 문인 자신이 아니라 그가 남긴 작품이다. 작가는 작품으로 죽음을 넘는다. 탄생 100년을 넘긴 문인과 그 작품들을 바라보며, 거기서 인생의 유한有限함을 넘어서는 예술의 한 자락을 본다.

이번 글에서는 한국문학의 큰 별이 된 시인 박목월과 서정주, 소설가 황순원 등 탄생 100주년에 이른 세 문인을 집중 조명했다. 이들의 작품처럼 시대를 넘어서서 생명력을 갖는 작품을 '고전'이라 하고, 고전적 작품을 남긴 작가는 자신의 시대를 넘어서서 문학적 영향력을 발휘한다. 그렇기에 나라를 대표하는 문인의 생애와 문학을 기리는 기념사업을 계획하고 이를 추진하는 것은, 그들이 남긴 문학적 유산 또는 교훈을 현실 사회 속에서 효용성 있는 자양분으로 활용하는 일이다.

한국 각 지역에 시인 또는 작가의 이름을 내건 문학관이나 문학테마파크가 즐비한 것은, 이 의미 영역에 대한 사회적 관심이 매우 강하다는 사실을 반증한다. 더욱이 지방자치제가 활성화되고 지역 주민을 위한 문학적 인프라 구축 또는 문화적 자긍심의 증대가 주요한 행정 지표가 되고 있어 이 분야의 사업이 앞으로도 더욱 확대되어 갈 것으로 본다.

시인 박목월을 기리는 사업은 목월문학포럼, 동리목월기념사업회, 또 시인이 오랫동안 교수로 있었던 한양대학교 등이 주축이 되어 진행했다. 올해 탄생 100주년을 맞아 기념식, 헌정 시집 발간, 기념 학술대회 등의 행사가 다각적으로 진행되었다. 박목월 시인을 기념하는 행사와 사업은, 시인의 고향인 경주의 동리목월문학관에서 맡고 있다. 경주 출신의 문호 김동리와 박목월 두 사람을 함께 기념하는 문학관이다. 이 문학관에서는 매년 각기 7,000만 원을 상금으로 시상하는 동리문학상과 목월문학상을 운영한다.

시인 서정주의 호는 미당未堂이다. 뜻을 풀이하면 '집이 아직 덜 되었다'라는 뜻인데, 소년의 마음으로 일생을 두고 발전해 간다는 의미를 담았다. 그를 기념하는 미당기념사업회가 있고, 그가 오랫동안 후학을 가르친 동국대학교가 시인의 탄생 100주년 기념사업에 참여했다. 시인의 고향인 고창에는 미당시문학관이 건립되어 있고, 시인의 대표작인 〈국화 옆에서〉를 상기하여 해마다 국화가 만개하는 가을철이면 이 문학관에서 미당문학제가 열린다. 올해는 미발표 작품 발굴, 기념 공연, 시전집 발간 등 다채로운 행사들이 열렸다. 중앙일보에서 운영하는 미당문학상은 상금이 5,000만 원으로 매해 시상식이 열린다.

소설가 황순원 기념사업을 맡고 있는 기구는 황순원기념사업회이다. 올해 탄생 100주년을 맞아 기념사업회는 단편 〈소나기〉의 주제를 바탕에 둔 첫사랑 콘서트, 소설 〈소나기〉 속편 쓰기를 비롯하여, 학술대회, 작품집 발간 등 여러 행사를 진행했다. 또한 해매다 가을철에 개최하는 황순원문학제를 통해 전국에서 모인 초·중·고 학생들의 백일장과 그림그리기 대회, 소나기마을문학상 시상, 작가와 함께하는 문학촌 기행 등의 행사도 개최했다. 소설가 황순원의 이름으로 시상하는 상은 상금이 2,000만 원인 소나기마을문학상 외에도 중앙일보에서 시상하는 상금 5,000만 원의 황순원문학상이 있다.

경기도 양평에 자리 잡은 황순원 문학테마파크 소나기마을
은 지자체 양평군과 경희대학교가 함께 조성했다. 월남 실향민
인 소설가 황순원의 문학관과 문학공원이 양평군에 들어선 것
은, 소설 〈소나기〉 속에 나오는 "내일 소녀네가 양평군으로 이
사 간다는 것이었다"라는 한 구절에 의지해서다. 경희대학교
가 문학마을 건립에 함께한 것은 이 소설가가 23년 6개월에 걸
쳐 교수로 재직하면서 100여 편의 단편소설 가운데 3분의 2를,
그리고 7편의 장편소설 가운데 4편을 쓴 전기적 사실 때문이
다. 현재 소나기마을은 한국 전역에서 가장 많은 유료 입장객
이 찾아오는 곳으로, 평일에는 수백 명에 이르고 주말에는 하루
2,000명에 가까운 방문객을 모으고 있다.

여기에서는 한국문학사에서 차지하는 지위와 비중이 너무
도 큰 박목월, 서정주, 황순원 등 세 문인만 집중적으로 다루었
다. 특히 이들의 글이 후대의 문인들에게 어떤 영향을 끼쳤으
며, 작고한 이후의 기념사업은 어떻게 전개되어 가고 있는가를
다각적으로 살펴보았다. 이들의 삶과 문학에 대하여, 그리고 사
후 그 문학의 영향관계에 대하여 탐색하는 일이야말로 곧 한국
문학사의 주요한 흐름을 확인하는 일이기에 여러모로 뜻이 깊
다고 할 수 있다.

내일이 없는 사람처럼
부지런하라

헬렌 켈러(1880-1968년)의 〈내가 사흘만 볼 수 있다면〉이란 에세이의 서두에는 '내게 유일한 소망이 있다면 죽기 직전에 사흘만 보는 것'이라는 글귀가 있다. 그가 이 글을 쓰게 된 계기는 다음과 같다. 어느 날 숲속을 다녀온 친구에게 무엇을 보았느냐고 물었더니, 그 친구는 특별히 본 것이 없다고 했다. 50대 중반까지 작가이자 교육자이며 사회운동가로 활동해 온 그녀는 큰 충격을 받았다. 두 눈을 다 뜨고도 아무것도 본 것이 없다니, 게다가 할 말조차 없다니.

그래서 그녀는 보지도 듣지도 말하지도 못했던 자신의 삶을 되돌아보며, 만약 자신이 단 사흘만이라도 볼 수 있다면 무엇을 할 것인지 계획을 세웠다. 그는 첫째 날 친절과 겸손과 우정으로 자신에게 가치 있는 삶을 살게 해준 설리번 선생을 찾아갈 것이고, 둘째 날 먼동이 트면 밤이 낮으로 바뀌는 웅장한 기적을 바라보면서 하루를 시작할 것이고, 셋째 날 아침 일찍 큰

길에 나가 사람들이 열심히 일하며 살아가는 모습을 보겠다고
했다. 그렇게 각기의 서두를 열며 그려 보인 사흘간의 계획에
대한 이 글은 〈애틀랜틱 먼슬리〉 1933년 1월호에 발표되었고,
당시 경제대공황의 후유증에 시달리던 미국인들에게 새로운 위
로가 되었다. 〈리더스 다이제스트〉는 이 글을 '20세기 최고의
수필'로 상찬했다.

그는 이 글의 말미에서 아름다운 세상을 사흘 동안만이라
도 볼 수 있게 해준 신에게 감사하며 기꺼이 암흑의 세계로 돌
아가겠다고 했다. 헬렌 켈러가 그토록 갈망했던 '보는 일'을 우
리는 날마다 일상 속에서 누리며 산다. 그러나 이것이 얼마나
놀라운 기적인가는 생각하지 않는다. 성경에 나오는 성전 미문
의 앉은뱅이가 두 발로 일어선 것은 공인된 기적이지만, 우리에
게는 그런 기적이 매일 일어난다. 말할 수 없는 이가 말하는 것,
들을 수 없는 이가 듣는 것이 기적이라면, 우리는 1년 내내 기적
가운데 산다. 지금 우리가 누리고 있는 '오늘'은, 이제 이 세상
에 없는 누군가가 그토록 갖고 싶어 하던 '내일'이다. 다만 우리
가 이것을 인식하지 못하고 있을 뿐이다. 값없이 흔한 물과 공
기가 얼마나 소중한지를 잘 모르듯이.

나의 강의를 들은 '학생' 중에 손병걸이란 시인이 있다. 태
생의 맹인은 아니나 세상살이 중도에 두 눈을 잃었다. 그는 시
를 쓰고 수준 있는 시집을 냈으며 대학원 학위과정을 밟고 있

다. 혼자 키운 그의 어린 딸은 이제 고등학생이 되지 않았을까. 그러나 나는 한 번도 그가 낙심한 모습을 본 적이 없다. 그 가슴에 오고가는 아픔과 회한이 한두 가지일 리 없겠지만, 그의 밝고 굳건한 모습을 볼 때마다 필자는 그를 훌륭한 '선생'으로 생각한다. 이처럼 오늘 내가 할 수 있는 일들이 얼마나 큰 축복인지 깨달을 수 있다면, 세파에 시달려 허약해진 삶의 의욕을 다시 북돋울 때다.

미국에서 가장 존경받는 여성으로 손꼽히는 대통령 영부인 엘리너 루스벨트의 편지에, 다음과 같은 유명한 구절이 있다. "어제는 히스토리고 내일은 미스터리이며 오늘은 프레젠트이다." 어느 대학 졸업식 연설에서 더글러스 태프트 전 코카콜라 회장이 이 구절을 인용하고, 그러기에 우리는 현재present를 선물present이라 한다고 했다. 과연 우리는 현재를 선물처럼 아끼며 살고 있을까. 만일에 그러하지 못하다면 새해 새 아침을 맞는 시기에 그 기적 같고 또 선물과도 같은 '오늘'을 어떻게 살 것이라 다짐해야 할까. 수도 없이 많은 답안이 제출될 것이고 그 하나하나가 모두 각자의 인생관이자 세계관이 될 수 있겠으나, 여기에서는 조선 후기 역사에서 하나의 교훈을 가져오기로 하자.

그 시대를 대표하는 지식인으로 다산 정약용(1762~1836년)이 있다. 그가 전남 강진으로 유배되어 있던 18년 동안, 적지 않은 이들이 배움을 청하러 찾아오곤 했다. 유배 이듬해인 1802

년, 다산의 서당을 찾은 15살의 소년이 있었다. 지방 하급관리인 아전의 아들 황상(1788-1870년)이었다. 스승의 광휘가 너무 휘황하여 제자의 이름은 역사의 갈피 속에 묻혀 버렸지만, 그 제자는 스승의 가르침을 가슴에 담아 평생을 두고 실천했다. 이 스승과 제자의 아름다운 이야기를 복원한 것이 한양대 정민 교수의 저서 《삶을 바꾼 만남》이다. 그런데 다산이 제자에게 주었던 필생의 가르침이 무엇이었을까. 곧 '삼근계三勤戒'였다. 우리 말로 풀어 말하면 '부지런하라, 부지런하라, 부지런하라'이다.

황상이 76세이던 어느 날, 돋보기를 쓴 채 한참 책을 베껴 쓰는 그를 보고 사람들이 물었다. "그 연세에 무슨 영화를 보려고 그렇게 열심히 초서抄書를 하십니까." 황상의 대답은 한결같았다. "내 스승께서는 이곳 강진으로 귀양 오셔서 스무 해 가까이 계셨네. 그 긴 세월에 저술에만 몰두하시느라 복사뼈가 세 번이나 크게 상하셨다네. 내가 관 속에 들어가기 전에야 뼈에 사무치는 지성스러운 가르침을 저버릴 수 있겠는가." 다산의 맏아들 정학연이 남긴 글에 의하면, 황상은 다산이 가장 아낀 제자였다는 것이다. 그리고 이 사제 간의 관계를 관통하는 키워드는 '부지런함'이었다.

일찍이 삼성 창업주 이병철 회장이, 일하지 않는 자가 일하는 자를 가혹하게 비판하는 모습을 보고 이렇게 탄식했다. "이와 같은 상황을 되새기면서 분노와 비애를 내일의 용기로 바꾸려고 잠을 이루지 못한 밤이 얼마나 많았던가." 생전에 부지런하기로 정평이 나 있던 현대의 창업주 정주영 회장은, 매일 새벽 4시에 일어나 아침밥을 챙겨 먹고 걸어서 출근을 했다. 그의 말은 이렇다. "나는 젊을 때부터 새벽 일찍 일어난다. 그날 할 일에 대한 기대와 흥분 때문에 마음이 설레어서 늦도록 자리에 누워 있을 수가 없기 때문이다."

오늘의 일에 대한 의욕과 부지런함은 이들을 한국 최고의 기업가가 될 수 있게 했다. 40년간 주택건설업의 현장을 지킨 신안건설산업의 우경선 회장은, 자신의 삶을 담은 책 제목을 '부지런하라'로 붙였다. 눈에 보이지 않는 기적 같은 축복들을 누리며 사는 삶이 진정한 축복이 되려면, 새해 새 아침을 다시 맞는 우리의 다짐이 성실하고 부지런하게 살겠다는 소박한, 그리고 소중한 결심에서 출발해야 하지 않을까. 우리 모두의 처음은 미약하나 나중이 심히 창대해지기 위해서는, 이 새로운 다짐을 반드시 앞세워야 할 것이다.

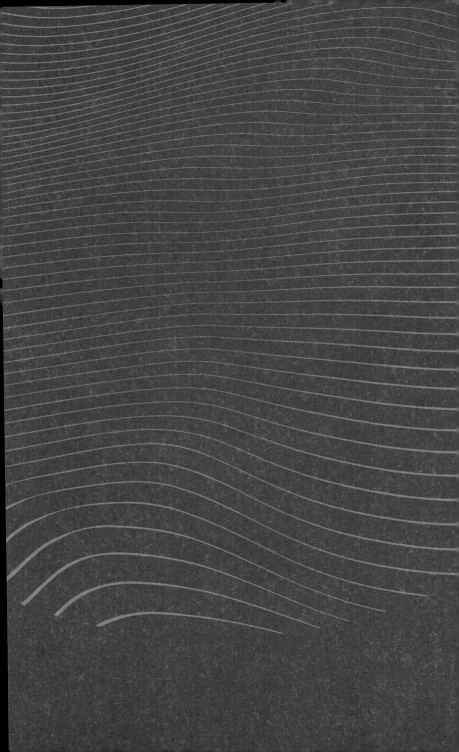

3

삶의 경륜, 문학의 원숙성

먼 북방에 잠든 한국의 역사
문명비평의 큰 별을 기리며
한 역사문학가의 아름다운 임종
삶의 경륜이 문학으로 꽃피면
고난을 기회로 바꾼 사람들
드림과 나눔과 섬김의 길
이 가을, 황순원 선생이 그립다
아직 남은 세 가지 약속, 시인 김종철
황순원과 황석영의 뜻깊은 만남
인사(人事)가 만사(萬事)다
시간을 저축해둔 사람은 없다

먼 북방에 잠든
한국의 역사

몇 해 전, 일주일 일정으로 중국 동북지방의 세 도시를 다녀왔을 때의 일이다. 당시 10주기에 이른 불세출의 작가 박경리 선생을 기리는 국제학술대회가 길림성 창춘長春에 있는 길림대학에서 열렸기 때문이다. 선생의 문학과 대하장편소설 《토지》를 연구하는 '토지학회'가 있고 필자가 그 회장을 맡고 있었기에 이를테면 공적 업무를 띤 여행이었던 셈이다. 그곳 만주 지역은 《토지》의 이야기가 중국으로 옮겨갔을 때 소설의 무대이기도 하다. 이 학술대회에는 한·중·일 세 나라의 연구자가 참여했고 한국에서는 30명이 함께 갔으며 한국문화예술위원회에서 경비를 일부 지원했다. 학술대회가 열린 길림대학은 학생이 6만 5,000명, 교수·교직원이 3만 5,000명에 이르는 중국에서 가장 큰 대학이다. 이 경우 중국에서 가장 크면 세계에서도 가장 크다.

중국의 동북 3성, 곧 길림성·흑룡강성·요령성에는 무려 200만 명의 조선족이 살고 있다. 이들은 당연히 중국 국적을 가진 중국인이지만, 중국 내의 소수민족으로서 한민족의 문화와 전통을 지키며 산다. 이를 두고 학술적으로는 이중 문화나 경계인이란 용어를 쓰고, 근자에는 여기에 '한민족 디아스포라'라는 개념을 적용하기도 한다.

이 디아스포라란 어의語義의 핵심은 타의에 의해 고향을 떠났다는 것이다. 한국의 월남 실향민을 두고 '천만 이산가족'이란 표현을 쓰는 것은, 6·25동란을 거치면서 북한의 고향을 떠나 남한에 가호적 신고를 한 500만 명의 실향민이 북한에 그 만큼의 가족을 남겨 두었다는 뜻이다. 이 고향 잃은 사람들의 눈높이를 반영하듯 국어사전에서 '고향'을 찾아보면 ① 자기가 태어나서 자란 곳 ② 자기 조상이 오래 누려 살던 곳으로 두 가지 해석을 함께 두고 있다. 그래서 이북5도민의 모임에 가 보면, 월남한 후 남한에서 태어난 이들이 고향을 언급할 때 자기 부모와 조상의 근거지였던 이북의 지명을 사용한다. 이들과 이야기하다 보면 내 고향을 내 발로 직접 찾아갈 수 있다는 사실이 새삼 행복한 일이 아닐 수 없음을 깨닫는다.

중국 대륙의 만주는 역사 이래 19세기 초반부터 궁핍과 기아를 넘어서고자, 그리고 일제강점기의 억압과 횡포를 피해, 한민족이 압록강·두만강을 건너 삶의 터전을 형성하면서 조선족의 이주지가 되었다. 시대를 더 거슬러 올라가면 먼 삼국시대 고구려의 영토가 광활한 만주지역 전체를 포괄하던 시기가 있었다. 지금 중국이 주장하는 '동북공정'은 고구려 역사를 다민족 국가인 중국 지방정부의 역사 가운데 하나라는 것이지만, 이것이 우리가 같은 겨레요 같은 언어와 문화를 지켜온 단일민족이라는 확고한 관점을 넘어설 수는 없다. 여기에는 정부 차원의 접근보다 민간의 활발한 활동과 객관적인 자료의 확보, 또 국제사회를 염두에 둔 행보가 필요하다. 그런 점에서 당시 학술여행을 계획하면서, 학술대회는 창춘에서 하지만 그리 멀지 않은 거리에 꼭 가보고 싶은 곳이 있었다.

옛날 고구려의 수도 국내성이 있던 지안集安과 안중근 의사의 이토 히로부미 저격 현장인 하얼빈을 방문 지역으로 추가했다. 하얼빈은 전에 가본 적이 있고 다녀와서 '하얼빈 역전의 안중근 의사'란 제목의 칼럼을 쓴 적도 있다. 그러나 처음 방문했던 지안은 광개토왕과 장수왕의 왕릉이 있고 광개토왕비碑와 고구려 고분 벽화들을 원화 그대로 볼 수 있어 참으로 감동적이었다. 그곳은 고구려인들의 고향이었다. 만주 벌판을 말달리며 호방한 기개를 자랑하던 그 옛사람들의 고향은 마치 전설과도 같은 잔해를 타국에 남기고 있었으나 그 역사의 흔적은 너무도 선명했다. 그곳에서 먼 남쪽에 있는 내 고향 고성을 생각했다. 예나 지금이나, 북방에서나 남방에서나 소중하지 않은 고향이 어디 있으랴마는 여러모로 상반된 땅에서 고향 생각이 절실했던 이유는 여전히 알듯 모를 듯하다.

문화비평의
큰 별을 기리며
故 이원설 박사님을 회고하다

　세월이 흐르는 물과 같다더니, 이원설 총장님께서 우리 곁을 떠나가신 지가 벌써 15년 세월에 이르렀다. 사람마다 이 땅에서 그 생을 누리는 동안 저마다의 빛깔로 족적을 남기지만, 이 총장님처럼 선명하고 깊이 있게 자신을 하나의 '역사'로 만든 분은 흔하지 않다. 당신은 아직도 당신을 그리워하는 많은 이들, 이 땅에 머무는 동안 의미 있는 삶의 접촉점을 형성했던 이들에게, 지울 수 없는 큰 그림자를 드리우고 있다. 여러 부문에 걸쳐 한 시대의 거인이었기 때문일까? 그렇기도 할 것이다. 하지만 이는 그 까닭의 작은 몫에 불과하다. 정작 큰 몫은 그분이야말로 사람의 그릇이 크거나 그렇지 않거나, 지위가 높거나 그렇지 않거나를 막론하고 가슴을 열고 만날 수 있는 순후하고 온화한 인격자였기 때문이다.

　1970년대 중반, 대학에 입학하여 국어국문학과 인근 사학과의 교수로서 그분의 함자를 알게 되었다. 보다 더 친숙하기로는, 학보사 학생기자로 일하면서 영어에 능통한 부총장이자 널리 알려진 문명비평학자로서 그분의 명성을 들었다. 공적인 자리에서 뵐 때면, 늘 얼굴에 부드러운 미소가 어려 있었다. 어린 생각에도 저 표정은 많은 것을 이룬 이의 자긍심과 닮아 있으리라 여겼다. 아주 나중에 다시 돌이켜 보니, 매우 철없는 눈으로 장엄한(?) 풍광의 한 면만 본 데 불과했었다. 참 멋있으셨다. 훤칠한 키와 희끗희끗 백발이 보이는 머리, 한눈에도 '국제 신사'의 풍모가 약여했다. 게다가 체력이 약해졌다고 점심시간에 트레이닝복으로 갈아입고 대운동장을 몇 바퀴 뛰기까지 하셨으니…….

이원설 총장님을 모시고 직접 일을 함께한 것은, 1983년 통일부 관련 '일천만이산가족재회추진위원회'가 발족하면서였다. 모교의 설립자 故 조영식 박사님께서 위원장을 맡으시면서 필자를 그 사무국 과장으로 부르셨는데, 위원장 보좌역으로 모신 두 분이 총장님과 김찬규 교수님이셨다. 이원설 총장님이야 영어가 우리말보다 더 쉽고 국제적으로 발이 넓은 분이셨고, 김 교수님은 해양법에 저명한 국제법 학자셨으니, 유엔이나 국제인권연맹 등을 대상으로 하는 이 단체의 국제적 활동을 특히 염두에 둔 인선이었다. 총장님을 모시고 진행했던 여러 회의, 국내외 학술세미나 등의 장면들이 지금도 생생한 기억으로 남아 있다. 회의 운영에 관해서도 그때 배운 기법들은 지금까지도 값비싼 보화로 남았다.

특히 다채로운 기억의 그림 하나는, 국제기구의 손님을 모시고 경주를 갔던 일이다. 위원장 초청으로 '주 유엔 코스타리카 대사'를 지낸 '유엔 비정부기구NGO 의장' 에밀리아 드 바리시 여사가 한국에 왔다. 이분은 조영식 위원장님께서 발의한 '세계평화의 날'을 유엔이 통과시키도록 조력한 공로자였다. 바리시 의장님을 모시기 위해 위원장 보좌역이셨던 총장님과 김 교수님 그리고 실무자로서 필자가 동행했다. 참 좋은 여행이었고 화기애애한 가운데 많은 것을 배울 수 있는 산 학습체험이었다. 그 배경에는 모든 사람들이 두루 즐겁고 가치 있게 하는 이 총장님의 품성과 역량이 숨어 있었다. 젊은 날의 한 시기에 값을 치르고도 겪을 수 없는 교육현장에서 그분을 모실 수 있었던 셈이다.

그런 총장님을 성심을 다해 모신 분이 서청석 교수님이다. 이분은 자신이 오래 모신 조영식 총장님께도 "조 총장님과 이 총장님을 꼭 같은 마음으로 존경한다"라고 말씀 드릴 만큼 그 생각을 숨기지 않았다. 겉과 속, 처음과 끝이 한결같은 자신의 성정 그대로 끝까지 이 총장님에 대한 처음의 마음을 허물지 않았다. 우리 딸아이가 돌을 맞았을 때, 서청석 교수님의 주선으로 총장님 내외분과 대학 비서실 직원들이 우리 집에서 축하모임을 했다. 작고 외진 연립주택이었다. 참 따뜻한 분위기 속에서 교회 장로님이셨던 총장님께서 대표기도를 해주셨다. 아이의 장래를 축복한 그때의 기도 말씀을 아직도 잊지 못한다. 이분은 신앙인으로서도 일가를 이루셨으니, 다복이 따로 없겠다.

고향이 황해도이시기에 단순한 월남 실향민인줄 알았는데, 단신으로 사선을 넘어 오셨고 그 와중에서 하나님의 은혜로 살아남은 분이었다. 그래서인지 그분의 믿음은 곁에서 보기만으로도 은혜로웠다. 문예비평에 관한 많은 훌륭한 저술이 국·영문 본으로 상재되었고 기독교 신앙에 관한 책들도 많아, '신언서판' 어느 대목에서도 결함을 찾기 힘든 분이다. 조금 강조해서 말하자면, 삶과 학문과 신앙 모두에 걸쳐 보기 드문 수범 사례에 해당한다. 이분이 설립한 '기독교리더십연구원'은 설립자가 가신 지 15년이 지났건만 여전히 활동을 이어가고 있다. 필자는 이 연구원의 연구위원으로 참여했었고, 연구원 간행 시리즈로 《기독교 문학의 발견》이란 소책자를 내기도 했다.

이원설 총장님은 생전에 여러 사람들 앞에서 필자를 볼 때마다, '고등학교 때부터 300편의 시를 외운 자랑스러운 청년'이라고 칭찬하고 격려하셨다. 세월이 한참 지나고 보니 그러한 칭찬은 단순히 시를 외는 기량을 가졌다고 해서가 아니라, 한 인간의 지금과 나중을 함께 바라보며 성실히 살 것을 요망하는 넓고 큰마음의 표현이었다. 그렇게 그분은 많은 사람들을 북돋우셨고 또 그 손길이 강력한 설득력을 가질 만큼 스스로의 삶을 운용하고 관리하는 데도 모범답안과 같은 삶을 사셨다.

유명을 달리하신 지 벌써 15년, 만약 아직 수를 다하지 않으셨으면 아흔을 넘긴 연륜이다. 생전에 함께 총장님을 모시던 이석우 교수님도 벌써 가시고 보니, 서두에 말한 '세월여유수歲月如流水'의 의미가 그다지 멀지 않은 듯하다. 그러나 여기서 예거한 분들이 모두 '천국의 소망'을 가졌기에, 언제가 저 높은 영의 세계에서 반갑게 다시 만나 뵐 것으로 믿는다. 한 시대의 증인인 실향민으로서, 자기 세대의 의미망을 가로지른 역사학자로서, 또 굳건한 믿음을 삶의 현장에 시현한 기독교인으로서, 당신은 큰 물결이요 큰 나무요 큰사람이었다. 십수 년이 지나도록 당신을 잊지 못하고 기리며 그리워하는 연유다.

한 역사문학가의
아름다운 임종

4·19혁명 56주년이 되던 지난 2016년 4월 19일, 그 역사적인 날에 그야말로 '역사적'인 한 인물이 유명幽明을 달리했다. 향년 83세로 생을 마감한 초당草堂 신봉승辛奉承 선생이다. 그는 '국민 사극작가'로 불리는 극작가이자 시·소설·평론·시나리오에 두루 걸쳐 130여 권의 저술을 남긴 광폭廣幅의 문인이었다. 그 가운데서도 많은 사람들이 기억하는 작품은 8년간 지속한 TV드라마 '조선왕조 500년'이다. 1983년 3월부터 1990년 12월까지 매주 2회씩, MBC TV에서 조선조 519년에 대한 시대별 쟁점을 내세우며 관류貫流했다. 폭발적이라고는 할 수 없었으나 꾸준하게 높은 시청률을 기록하면서 화제를 모았던 것은, 우리 근대사를 해석하는 새로운 시각 덕분이었다.

모두 11개 시즌으로 구성된 이 대하사극의 첫 이야기는 '추동궁 마마'라는 제목이었고, 이성계의 계비繼妃 신덕왕후 강 씨의 시각으로 조선왕조의 개국을 바라보는 내용이었다. 조카의 왕위를 찬탈한 세조대로 넘어가면, 그동안 간신의 표본으로 경멸해온 한명회를 중심인물로 내세운다. 그의 붓끝에서 한명회는 만고역적이라는 너울을 벗고 시대의 경략가經略家로 다시 태어난다. 말미의 이야기 '대원군'에 이르면, 흥선군 이하응의 인간적인 면모와 쇄국정책에 대한 재해석이 제기된다. 대원군 개인의 정치적 성향을 압도한 시대의 소명召命이, 대원군을 불러 쇄국을 단행하게 했다는 것이다.

이와 같은 역사에 대한 새로운 시각, 이미 오랜 세월이 흘러 그 성격이 확정된 역사에 대한 새로운 관점의 '반란'은, 작위적인 의지만으로 가능할 리 없다. 오랜 사료의 검토와 연구, 그리고 역사관에 대한 자기확신이 선행되지 않고서는 어려운 일이다. 그런데 선생은 이 곤고한 역사 학습의 과정을 초인적인 인내와 근면으로 넘겼다. 그는 '재야의 역사학자'로 일컬어진다. 《조선왕조실록》이 국문으로 번역되기 전에 9년에 걸쳐 통독하고 그 500년 역사를 통시적으로 관통하는 눈을 길렀다. 경제에 '실물경제'가 있다면, 그의 역사는 '실물역사'였다.

여러 곳의 말과 글에서 확인되는 선생의 문학관은 자신의 역사관과 면밀히 결부되어 있다. 그는 역사라는 사실적 골격에 문학이라는 상상력의 치장을 덧입힌 것이 역사문학이라는 명쾌한 논리를 가졌다. 치장의 아름다움도 중요하지만 골격을 사실과 다르게 설정하면 가치가 없다는 뜻이다. 그 논리로 그는 춘원 이광수와 월탄 박종화의 역사소설들, 역사적 사실에 대한 고증을 위반한 작품들을 신랄하게 비판했다. 동시에 오늘날의 TV 사극들이 사실과 상상력의 균형을 무자비하게 훼손하고 있으며, 그에 대한 반성적 성찰을 멀리하고 있는가를 탄식했다.

선생은 이를 두고 사극을 쓰는 이들의 기본, 곧 자격의 문제를 지적했다. 그러나 그것은 비단 극본을 쓰는 문화적 1차 생산에 한하는 일일까. 선생이 보는 현실 정치도 그와 같았다. 자격이 모자라는 사람들이 정치 일선에 서 있기 때문에 나라 모양이 이토록 무질서하다는 것인데, 그의 비유에 의하면 조선시대에는 퇴계 이황, 율곡 이이, 정암 조광조와 같은 선비 정치의 모범이 있었다는 말이다. 600년의 우리 근대사를 한눈에 꿰뚫는 식견이 없이는 내놓기가 쉽지 않은 말하기 방식이다. 바로 이 식견으로 선생은 2012년에 매우 기발하고 뜻있는 책 한 권을 냈다. 《세종, 대한민국 대통령이 되다》라는 책이다.

조선조 500년에 명멸한 역사 인물 가운데서, 그 품성과 역량에 비추어 현재 한국 정부를 구성할 '드림팀'을 선발한 것이다. 이를테면 대통령에 세종대왕, 국무총리에 이원익, 기획재정부 장관에 이황, 법무부 장관에 최익현, 행정자치부 장관에 이이, 문화체육관광부 장관에 박지원, 지식경제부 장관에 정약용, 검찰총장에 조광조, 감사원장에 조식과 같은 인재의 선발이다. 그리고 그 이유와 가능성까지 정밀한 사실史實과 더불어 제시했다. 단순히 발상이 재미있고 독창적이라는 데 그치는 저술이 아니다. 이 또한 우리 근대사 속에서 부침浮沈한 인물들에 대한 확고한 평가, 또 그에 따른 논증에 자신감이 없으면 당초부터 불가능한 글쓰기다.

그렇기에 이 책은 오늘의 한국 정치인들이 꼭 읽어야 할 필독서다. 뿐만 아니라 선생의 수발秀拔한 이력과 업적보다 눈부신 부분은 마음에 새겨야 할 그 사람됨이었고, 임종에 이르기까지 조금도 요동하지 않았던 삶에 대한 신념이었다. 80세가 넘도록 10여 년을 일관한 저술과 강연도 놀라워서, 해마다 몇 권의 책을 상재하고 150회 이상의 강연을 소화하는 등 철인鐵人의 면모가 없지 않았다. 한걸음 더 나아가 선생은 내면의 질적 수준, 곧 철인哲人의 풍도를 지닌 지성인이었다. 늘 무엇이 되느냐보다 어떻게 사느냐가 중요하다고 다짐했고, 후배와 제자들에게도 부모로부터 물려받은 이름 석 자에 때 묻히지 말라고 가르쳤다.

그렇게 정신적으로 높은 지경을 거닐고 또 아낌없이 자신의 예술과 학문의 재능을 현실 속에서 구현하던 생애의 줄을 놓고, 선생은 영면에 들었다. 우리 역사의 행간을 탁월하게 읽어내던 그 눈길을 선물처럼 남겨 두고 스스로 역사의 행간 속으로 떠났다. 그런데 하나 더 놀라운 일은, 평소 그 철인哲人의 금도襟度대로 마지막 길이 너무 고요하고 순적했다는 것이다. 그 당일도 일상처럼 음식을 취하고 잠시 누웠다 떠났다니, 종교에서 말하는 소천召天이나 선종善終이 따로 없다. 하긴 여러 해 폐암 투병을 하시던 중에도 '건전한 일상생활'이 비결이라며 태연히 목전의 일을 감당한 전례가 있고 보면, 한 시대를 가로지른 불세출의 인물임에 틀림이 없다.

선생은 자신의 인생 말미에 '나는 행복한 사람'이라고 가족들에게 술회했다고 한다. 그 행복은 어떤 의미였을까. 이 세상 나들잇길에서 여러 목표에 도전하고 성취한 이의 고백이었을까. 아마도 아닐 것이다. 성실한 삶의 여정에서 올곧은 정신의 행보를 찾아, 그 첫 마음을 허물지 않고 완주한 이의 완결어가 아니었을까. 선생을 잃은 것이 특히 슬픈 것은, 그 창대한 경험과 지식 그리고 창의적 사유思惟의 자산을 함께 잃는 것이기에 그렇다. 선생을 영결하며, 마침내 후대의 역사가 될 오늘의 삶을 어떻게 살아야 할지 진중한 마음으로 되돌아본다.

삶의 경륜이
문학으로 꽃피면

김선주 선생님께

김선주 선생님! 세월이 유수流水와 같다더니, 선생님을 처음 뵌 지도 벌써 스무 해가 넘었습니다. 그때만 해도 저는 막 불혹의 고개를 넘고 있던 젊은(?) 평론가였지요. 선생님의 함자와 작품을 처음 만난 것은, 〈현대문학〉에 월평을 쓰면서 단편 〈하늘은 검고 땅은 누렇더라〉를 읽었을 때였습니다. 천자문의 첫머리에서 개념을 가져온 이 작품은, 제목과 달리 미국 이민사회를 배경으로 현실적인 삶의 깊이를 체현하는 이야기였어요. 그리고 그 미국의 정황을 손에 잡힐 듯 사실적으로 그리고 있었습니다.

그다음에 선생님을 뵈었을 때 제가 여쭈었지요. 미국에서 오래 사셨느냐고. 선생님은 손사래를 치며 전혀 그렇지 않다고 하셨습니다. 그 손사래 뒤에 '작가'가 숨어 있었습니다. 전해 들은 이야기나 자료의 숙독으로도 작가는 이렇게 쓸 수가 있는 것이로구나. 저는 책이나 강의실에서 배우지 못한 소설의 한 단면을 그때 새롭게 익혔습니다. 작가와 작품이 평론가에게 좋은 교사가 된다는 말의 실증이었지요. 이후 제가 계속해서 읽고 또 비평을 해온 선생님의 작품들은, 그렇게 좋고 또 친숙했습니다. 그리고 보니 제가 선생님께서 쓰신 두 권의 작품집에 해설을 썼네요.

《길 위에 서면 나그네가 된다》는 사실적인 글쓰기의 방식으로 우리 주변 삶의 속살을 매우 민첩하고 설득력 있게 드러내고 있었습니다. 그런데 정작 제가 탄복한 것은 《그대 뒤에서 꽃 지다》였습니다. 9편의 소설이 모두 벚꽃을 주제로 하면서, 소재의 식상함에 침윤하지 않고 각기 저마다의 꽃빛을 환하게 밝히고 있었기 때문입니다. '벚꽃 광'이셨던 선생님의 깊이 있는 언술을 자연스럽게 소설로 풀어냄으로써, 작가의 삶과 문학이 동시에 화해로울 수 있었을 것이라고 짐작했습니다. 그로부터 선생님의 작품세계는 보다 자유롭고 유장悠長해져서, 소설 읽기의 재미와 더불어 세상살이의 여유를 한껏 다양하게 감각할 수 있도록 했습니다.

제가 〈문학수첩〉 편집위원으로 있을 때 선생님 친구분 일행이 김종철·김재홍 선생님과 함께 일본 혼슈本州 남부를 여행한 적이 있었습니다. 여행지에서 선생님은 언제나 깔끔하고 빈틈이 없으셨어요. 봄이 오고 있는 저 먼 남녘 바닷가에서도 선생님은 삶과 문학이 모두 정갈하게 정돈되어 있는 작가라는 느낌을 받게 했습니다. 그런데 그 느낌은 지금까지 전혀 변함이 없어요. 선생님께서 회장을 맡고 계시던 이대동창문인회 문학상 심사나 시상식에 초청받아 갔을 때도, 또 지금 선생님께서 소설분과회장을 맡고 계시는 문인협회 행사에서 뵈었을 때도, 늘 한결같이 결이 고운 품성과 단단한 모습을 보여주셨습니다.

기실 선생님은 다른 문인들에 비해 작가로서는 늦깎이시지요. 그러나 시작이 늦은 만큼 일찍 시작한 이들이 갖지 못한 삶의 경륜과 문학의 원숙성이 선생님의 작품 세계를 부양합니다. 이것은 길게 보면 작가로서 큰 자산이 아닐 수 없습니다. 많은 이들이 깊은 분별없이 부박浮薄하게, 세상의 저잣거리를 향해 달려가는 문학에 스스로 침윤하는 시대입니다. 부디 선생님의 문학적 금도襟度와 오랜 세월 쌓아온 역량으로, 경박한 시대를 훈도訓導하는 뿌리 깊은 나무가 되어주시기를 소망해 봅니다.

돌이켜 보니 제가 '문학인이 띄우는 편지'에 띄우는 두 번째 편지입니다. 처음은 저의 대학 선배이자 그때 황순원문학촌 소나기마을의 촌장으로 계시던 김용성 선생님께 드린, '선생님께 세월의 소중함을 배웁니다'라는 글이었습니다. 두 분 모두 제가 마음으로부터 존경하고 사랑하는 문단 선배들이십니다. 세상에 저 홀로 서는 자 없어서, 함께 믿고 의지하며 사는 것이 옳고 또 아름다운 일이라 생각됩니다. 선생님, 부디 역부강力富强하셔서 많은 이들이 지속적으로 좋은 작품을 만날 수 있게 해주시기를 부탁드립니다.

고난을
기회로 바꾼
사람들

1939년 대전에서 태어나 서울에서 대학을 마쳤다. 중앙일보 공채 1기로 사회생활을 시작하여 기자로 활동하다 기업으로 적籍을 옮겨 삼성물산 해외본부장을 지냈다. 미국 캘리포니아의 산호세에 정착한 후 '에이스컴'이란 컴퓨터 회사를 운영하여 크게 성공했다. 재미 사업가 김종수 씨의 얘기다. 기독교 신앙인인 그는 '회장'이라는 호칭보다 '장로'로 불리기를 원한다. 김종수 장로의 성공 스토리에는 거의 모든 인간승리의 주인공들이 가진 성공패턴이 그대로 재현되어 있다.

비상한 노력으로 온갖 역경을 이기고 큰 성취를 이루었는데, 절체절명 위기의 순간을 맞아 그것을 극복하면서 그때까지의 자기중심적인 삶을 버리고 놀라운 헌신의 길로 들어선다. 이 방정식에서 최후의 '헌신'에 이르지 못하면, 고난도 승리도 별반 빛이 나지 않는다. 김 장로의 '위기'는 위암 진단이었다. 그는 위암 선고를 받고 병을 치료하면서 스스로의 인생관을 바꾸었다. 기독교 박애주의를 실천하는 해외선교와 기독교적 사랑의 의미를 성경 인물을 통해 구명究明하는 저술에 인생의 초점을 맞췄다. 중국의 한 지역에 의료복지재단을 운영하면서 아낌없이 현지의 어려운 사람들을 돕고 조건 없는 은혜를 베풀었다.

그런가 하면 이제껏 네 차례에 걸쳐 펴낸 성경 해석의 저술들은 유려한 문장과 치밀한 고증을 동반한 현대적 시각의 새 국면을 열어 보인다. 지난해 나온 그의 네 번째 저서 《물 위를 걸은 어부》는 사도 베드로의 얘기였고 다음으로 나올 저서는 사도 바울에 관한 것이라고 한다. 기독교가 사랑의 종교라면, 김 장로와 같은 실천적 사랑이 있고서야 그 빛이 밝을 터이다. 그는 생명의 위기를 넘는 순간에 여생을 두고 모든 열정을 불사를 '블루오션'을 개척한 셈이다. 나누고 섬기는 삶의 수범垂範이 되는 인간승리의 개가凱歌는, 그것을 듣는 일만으로도 우리를 행복하게 한다.

그런데 여기 또 한 사람, 기막힌 성공과 눈물겨운 헌신의 범례를 보여주는 재미 사업가가 있다. 저명한 건축가이자 주차빌딩의 혁신으로 널리 알려진 하형록 회장이다. 그는 초등학교 6학년까지 부산에서 자랐다. 아버지가 13년간 한센병 환자촌에서 목회하던 분이었고, 그 과정을 눈여겨본 한 미국 선교사가 이 가족에게 미국행을 주선해주었다. 대학을 마친 후 건축회사에 들어가 승승장구했으며, 29세에 부사장 자리에까지 올랐다.

그의 '위기'는 바이러스로 인한 심장병이었다. 심장이식을 받아 겨우 생명을 건지고 덤으로 사는 인생을 얻는 그는, 자신의 야망을 앞세우던 삶을 버리고 어려운 사람들을 위해 살겠다는 목표를 세웠다.

선한 목표가 이끄는 삶은 놀라운 축복이었다. 허름한 창고에서 시작한 '팀하스'라는 이름의 건축설계회사는 세계적인 명성을 가진 기업이 되었다. 이 회사는 필라델피아와 그 일대에 1,000여 채의 주차빌딩을 지었다. 어찌 보면 기능이 뻔한 주차 공간에 예술적 디자인을 접목하고 조망권을 중시하며 차보다 사람을 먼저 생각하는 아이디어를 구현했다. 건축 계획에서 완공 이후까지 감동적인 애프터서비스 제도를 만들었다. 그의 주차 건물에서는 수시로 결혼식이나 콘서트가 열린다. 그의 기업은 펜실베이니아에서 청년들이 가장 가고 싶어 하는 회사로 뽑혔다. 하 회장은 오바마 정부 시절 건축자문위원으로 일하기도 했다.

그의 회사 사훈은 '어려운 사람들을 돕는 존재'이다. 그의 마지막 꿈은 '인종과 남녀노소를 넘어 모두가 함께 어울릴 수 있는 도시를 만드는 것'이다. 미국의 가장 큰 부자이면서 가장 많은 자선의 기록을 남긴 록펠러도, 그의 생애 중반에 불치병 진단으로 시한부의 삶을 선고받았다. 그 이후 모든 세상 욕심을 내려놓고 자선의 실천에 목표를 두었더니, 43년의 행복을 누릴 수 있었다는 것이다. 열심히 노력하면 누구나 성공할 수 있을지 모른다. 그러나 선한 마음으로 온몸을 채우고 그것을 끝까지 밀고 가기는 어렵다. 김종수와 하형록, 두 재미 사업가의 삶은 위기의 자리에서 양선養善의 블루오션을 발굴한 눈부신 사례다.

드림과
나눔과
섬김의 길

김종수 저 《물 위를 걸은 어부》

가장 인간적이면서 신의 세계에 가장 가까이 간 사도使徒는 베드로이다. 예수 그리스도의 죽음과 부활, 그리고 그 이후에 전개된 초대 기독교의 역사에서 베드로를 제외하고는 그 기록이 진척되기 어렵다. 성격에 있어 다혈질이고 논리적·학문적 지식을 갖추지 못했으나, 그로 인해 오히려 순정한 신앙의 세계로 곧바로 진입할 수 있었던 열두 제자 가운데 한 사람. 순종과 고백, 배신과 회개의 과정을 거쳐, 자신에게 허락된 성령의 능력으로 초대 교회의 불꽃같은 기적을 일으킨 예수의 전도자.

이 베드로를 인간적인 측면에서, 그리고 신학적인 측면에서, 더 나아가 당대의 역사적 환경과 결부하여 연구한 저서가 상재되었다. 김종수 장로의 네 번째 저서《물 위를 걸은 어부》이다. 기독교인이라면 누구나 자기 영역의 생업과 신앙적 삶을 함께 가꾸어 가지만, 인생의 후반에 모든 것을 접고 선교 사역으로 여생을 보내겠다는 결심을 하는 이는 결코 많지 않다. 그 소수의 결심과 실천을 함께 보여주는 이가 곧 김종수 장로이다. 알기는 쉬워도 이를 행동으로 옮기기는 어렵고, 특히 그 일에 개인적 희생이 뒤따를 경우에는 더욱 그렇다.

저자는 그동안 첫 번째 저서 《국경을 넘는 사람들》에서 중국 단동에서의 선교 사업을, 두 번째 저서 《빛과 어둠의 변화》에서 성경의 삼손 이야기에 견주어 본 오늘의 생각을, 그리고 세 번째 저서 《영웅을 세우는 손길》에서 다윗과 밧세바의 사랑 이야기를 통한 교훈과 경각심을 서술한 바 있다. 기독교적 세계관을 바탕으로 에세이 형식의 자유로운 필법을 운영했으나 그 배면에 숨은 이야기들을 들추어내는 데는 소설의 스토리텔링에 못지않은 '읽기의 재미'를 선사한다.

이번의 네 번째 저서 또한 그렇다. 이 저서의 집필을 위해 저자는 성경에 나타난 사도 베드로의 행적과 그 표현 아래에 잠복해 있는 함의含意에 관해 오래고도 깊은 묵상의 단계를 거쳤을 것으로 짐작된다. 그렇지 않고서는 그렇게 균형 잡힌 해석이 가능하지 않았을 것이라는 판단에서다. 동시에 베드로 시대의 국제적 여건과 사회적 인식에 대해 폭넓게 탐색하고 이를 본문의 적합한 처소에 풀어놓은 것은, 신앙이 가진 일방통행적 시각에 매몰되지 않고 객관적인 진술의 태도를 유지하겠다는 의도로 추정된다. 물론 그와 같은 뒷그림들이 글의 이해를 충실하게 한다는 전제 아래에서다.

우리가 제대로 성경을 읽는 것은 단순히 문면의 뜻을 뒤따라가는 행위가 아니다. 성경 속의 당대적 인식에서부터 오늘의 현실에 적용되는 가르침에 이르기까지, 넓은 의미의 진폭을 수용하는 포괄적 독서법에 의거한다. 아울러 사도 베드로의 행적과 그 외면 및 내면의 의미를 탐구하는 저술은, 작게는 저자 자신의 삶에 대한 타이름이면서 크게는 책을 읽는 독자 모두에게 던지는 대오각성大悟覺醒의 목소리에 해당한다. 이를테면 '베드로 평전'이라고도 부를 만한 이 저서가 신앙적 깨우침과 글 읽기의 즐거움을 함께 담보하는 것은 바로 그 지점이다. 누구든지 자신의 삶에 육박하지 않은 논의에서 재미를 발견하기는 어렵다.

베드로의 생애와 성경의 내용 모두에 비추어서, 베드로의 활동을 예수의 지상 사역地上使役과 분리하여 말할 수 없다. 만약에 분리해서 말한다면 그것은 근본적인 가치를 상실하기 마련이다. 그런 연유로 이 책에서는 베드로를 언급하고 설명하는 분량에 못지않게 예수의 생애사를 다루고 있다. 그 언급에 있어 매우 이성적인 조심성이 느껴지는 것은, 이 책에 대한 신뢰를 확보하는 데 도움이 된다. 일찍이 한국문학에서는 성경이 잘못 해석된 김동리의 《사반의 십자가》나 성경을 지적 차원으로만 본 이문열의 《사람과 아들》 같은 소설들이 있었다.

올바른 성경의 해석은 논리 이전의 체험이 수반되지 않고서는 그 깊은 바닥을 두드려 보지 못한다. 신앙의 문 밖에서 기독교를 이해하는 것과, 신앙 안에서 신앙의 눈으로 절대자를 바라보며 자신에게 허여되는 각성의 세계를 진술하는 것은, 겉으로는 차별성을 분간하기 어려울지 모르나 그 질적 수준에 있어서는 천양지차가 있다. 김종수 장로의 《물 위를 걸은 어부》가 한 권의 기독교 저서로서 갖는 가치는 체험과 각성, 논리와 실천의 세계를 두루 갖춘 신앙의 진정성 위에 가로놓여 있다.

필자는 이 저자가 향후 이러한 저술을 계속 이어갈 것이라고 들었다. 이 살아가기 팍팍한 세상에서 남들이 부러워하는 성공가도를 달려왔고, 또 교회의 규범에 있어서도 신앙 인격으로 존경받는 장로인 그가, 이와 같이 드림과 나눔과 섬김의 길을 가고 있는 것은 참으로 수범垂範이 되는 일이다.

이 가을,
황순원 선생이 그립다

일제로부터의 해방과 나라의 분단은 동시에 일어난 사건이었다. 곧바로 삼팔선이 막혔다. 안개 낀 임진강을 건너 월남하는 사람들은 감시병의 눈을 속여야 했다. 발각되면 목숨을 내놓아야 하는 상황. 배를 빌려 도강하는 중에 긴장된 배 안에서 별안간 갓난애의 울음소리가 솟았다. 모두 어찌할 바를 몰라하는 가운데 그 소리가 사라졌다. 애 어머니가 갓난애를 배 밖으로 내던져버린 것이다. 일행은 무사히 강을 건넜다. 그런데 그 어머니는 제 손으로 퉁퉁 불은 양쪽 젖꼭지를 가위로 잘라버렸다.

소설가 황순원이 1965년에 쓴 단편 〈어머니가 있는 유월의 대화〉에 나오는 한 장면이다. 참으로 많은 생각을 불러오는 대목이다. 엄중하기 이를 데 없는 공중公衆에 대한 책임과 혈육을 버린 처절한 참회 사이에서, 그 어머니가 선택한 것은 극단적인 자기 징벌이었다. 매우 절제되고 상징적인 방식으로, 작가는 '어머니'란 이름의 인간을 조명했다. 문학에 있어서 '인간'은 어쩌면 가장 오래고 또 오래 이어질 숙제다. 황순원 소설은 시종일관 이 인간애와 인간중심주의를 붙들고 있었다.

6·25동란의 휴전협정이 조인調印된 것은 1953년 7월이다. 그런데 황순원은 아직 전란의 포성이 요란하던 그해 4월, 맑고 순수하기 비길 데 없는 단편 〈소나기〉와 〈학〉을 발표했다. 〈학〉은 전쟁 시기에 적이 되어 만난 두 친구의 우정과 동심을 다룬 것이니 그래도 당대의 현실을 반영한 소설이다. 그러나 〈소나기〉는 차마 사랑이라는 이름으로 부르기에 조심스러운, 소년과 소녀의 미묘하고 아름다운 감정적 교류를 그렸다. 어떻게 그처럼 삶의 형편이 곤궁하고 혹독하던 시절에, 그처럼 순정한 감성을 담은 소설을 쓸 수 있었을까.

작가와 그의 문학세계, 그리고 수발秀拔한 작품 〈소나기〉를 형상화한 문학테마파크가 경기도 양평에 있다. 국내에서 가장 많은 유료 입장객이 찾아가는 황순원문학촌 소나기마을이다. 산자수명山紫水明한 이 고장의 산허리에 3층 건물 800평의 문학관이 서 있고, 1만 4,000평의 야산에는 문학공원과 산책로가 있다. 아직 잔서殘暑가 남아 햇볕이 따가운 초가을 한나절을 이 마을에 머물다 보면, 작가가 남긴 문학의 향훈과 그를 기리는 추모의 뜻이 서로 상승작용을 일으키는 현장임을 알게 된다. 이 시너지 효과의 바탕에는 20세기 격동기의 한국문학에 순수와 절제의 극極을 이룬, 작가에 대한 미더움이 깔려 있다.

소나기마을 관람자들이 아무 이유 없이 늘어날 리 없다. 작가와 작품의 명성 외에도 수도권 근접성이라는 요인이 있지만, 더 중요하게는 전시자의 관점이 아니라 방문자의 눈높이에 맞춘 콘텐츠 때문으로 보인다. 작가와 작품의 공간을 유기적으로 매설하고 조형과 영상을 활용하여 입체적인 전시실을 구성하는 한편, 동반한 어른과 아이들이 작품의 내면을 함께 체험할 수 있는 여러 구조가 있다. 애니메이션 영상실, 북카페, 인공 소나기도 그렇고 동화구연이나 손편지 쓰기 교실도 인기 높은 프로그램이다. 이 모든 시설과 콘텐츠 확보에는 지자체의 선진적 인식을 실천한 양평군의 공이 크다.

황순원 선생 탄생 100주년에는 소나기마을에서 이를 기념하여 첫사랑 콘서트, 〈소나기〉 속편 쓰기를 비롯한 여러 행사를 진행했다. 문학관 바로 곁에 영면하고 있는 선생은 그 모습을 보고 무슨 생각을 했을까. 평소 외형의 치장과 번잡을 싫어했던 성품이나, 완연한 가을 풍광 속에 맑은 마음으로 모인 사람들을 바라보면서 인본주의를 글쓰기의 척도로 삼았던 자신의 선택을 다시 수긍하지 않았을까.

아직 남은 세 가지 약속,
시인 김종철

　'못의 사제司祭'라는 경칭敬稱으로 불렸던 김종철 시인. 〈못에 관한 명상〉 연작을 발표한 시인이었던 그가 유명幽明을 달리한 지도 벌써 수년의 세월이 지났다. 나는 그를 남해안 통영 바닷가 수국이라는 섬에서 처음 만났다. 그의 절친한 벗이자 내가 경희대 국문과에서 모시고 있던 김재홍 교수의 여름시인학교에서였다. 우리는 쉬는 손으로 모기를 쫓아가며 러닝셔츠 바람으로 소주잔을 기울였다. 그를 생각하면, 가장 먼저 그 바닷가의 후덥지근하던 여름과 그 더위에 아랑곳하지 않고 유쾌하던 술자리가 떠오른다.

　그때는 그가 아직 '해리포터' 출간으로 낙양의 지가를 올리기 전이다. 그래서인지 훨씬 소탈하고 정겨운 기억으로 남아 있다. 《걸리버 여행기》 완역판에 관한 얘기를 길게 끌었던 것을 보면, 그가 오래도록 해외의 출판동향과 그것의 국내 소통에 남다른 견식을 가졌던 것 같다. '해리포터'의 성공은 어느 날 우연히 만난 길운이 아니었던 것이다. 설령 길가다 발견한 보물이었다 할지라도, 그 원석을 다듬어 빛을 내고 전국적인 유통에 성공한 것은 온전히 그의 역량이다.

다시 그를 생각하면, 나도 젊었던 시절의 늦은 밤, 강남 길거리의 포장마차에서 자정을 넘기며 함께 앉았던 장면이 떠오른다. 그때에 동행으로 시인이자 '갤러리 서림'의 관장인 김성옥 씨가 있었다. 우리는 이 삼각구도를 유지하며 여러 차례 같은 그림을 그렸다. 그리고 어느 밤이었다. 못의 시인은 아직 대학교수가 되기 전의 궁핍한 내게서 택시비가 없다며 2만 원의 거금을 빌려갔다. 필자는 그가 거부巨富가 된 이후에도 그 차용금을 돌려받지 못했다. 언젠가 남산 '문학의집 서울'에서 그의 등단 40주년 축하모임이 열렸을 때, 그 청중 앞에서 이 오랜 채무관계에 대해 발설했더니 그를 포함한 많은 이들이 파안대소하며 즐거워했다.

그 자리에서 내가 맡았던 회고의 말은 '대학교수 김종철'이었다. 내가 학과장으로 있을 때, 2년간 그를 시 창작 겸임교수로 모셨던 까닭에서다. 그 자리에서 또 한 가지를 더 폭로했다. 그가 발행인이었던 〈문학수첩〉의 창간편집위원으로 있을 때, 김종철·김재홍 두 분과 함께 강남구 테헤란로 르네상스서울호텔의 스카이라운지를 갔었다. 값비싼 밸런타인 양주 한 병을 시켜 몇 모금 마시고는 내 명함을 달아 보관해두었다. 다음에 가서 찾았더니 웬걸, 그동안 나 본인이 와서 다 마시지 않았느냐는 답변이었다. 나와 이름 두 자가 같은 그 시인이 내 이름으로 대신 마신 것이었다. 이것은 채무관계가 아니라, 우리가 이름을 주고받을 만큼 친밀했다는 것이 나의 주장이었다. 그는 머리를 긁적이며 계면쩍어했다.

그가 내게 지키지 않고 간 약속이 또 있다. 앞으로 문학수첩 출판사에서 문화재단을 만들 예정이니, 그때는 꼭 좀 일을 맡아 도와달라고 했다. 흔쾌히 그러마 했다. 아직도 창창한 연륜에 그는 이 선한 계획을 시작도 하지 않은 채 세상의 명리를 홀홀 벗어던지고 하늘나라로 가버렸다. 이제 어디 가서 그 2만 원을 돌려받을 것이며, 어디 가서 밸런타인의 부당한 소모를 항의할 것이며, 문화재단은 어떻게 되었느냐고 누구에게 질문할 것인지 알 수가 없다. 그 약속들을 지키지 않으면 그를 보낼 수가 없다. 그렇게 그는 여전히 내 마음 깊은 곳에 잔류하고 있다.

그와 함께했던 계간지 〈문학수첩〉 시기에는 나도 참 젊은 청년이었다. 당초 문학의 영역을 넘어 문화적 현실과 현상을 많이 다루자는 뜻에서 '문학과 문화'를 제호로 하는 것이 어떠냐고 제안해 보았지만 그는 사뭇 완강했다. 출판사 '문학수첩'의 이름만큼, 계간지도 그 이름이어야 하며 그것은 그의 오랜 꿈이었다고 했다. 그 어투와 표정이 너무 진지해서 반박할 말을 잃었으며, 한 출판인으로서의 명운에 대한 결기를 보는 것 같아

숙연할 수밖에 없었다. 나는 그 편집위원으로서의 일을 꼭 2년 간 수행했다.

그때 그 잡지에 기획 연재했던 원고가 '한국의 문화인물'이 었다. 대중문화의 각 분야에서 한국 최고가 된 이들이 어떤 문 화적 인식을 갖고 있었으며 그 구체적 세부가 어떠한가를 탐색 해 보자는 난이었다. 나중에 필자로서 나는 이 특집의 글들을 모아 그의 출판사에서 《대중문화와 영웅신화》라는 책을 묶었 다. 거기에는 문명비평가 이어령, 만화가 이현세, 대중가수 조 용필, 영화감독 임권택, 연극연출가 이윤택, 작가 이문열, 시인 류시화가 각기 항목의 주인공으로 실려 있다. 이 가운데 류시화 좌담만 〈문학수첩〉이 아닌 김재홍 교수의 〈시와 시학〉에 실린 것이었다.

이들 일곱 분의 문화인물들이, 어떻게 해서 자기 분야의 최 고 자리에 오를 수 있었는가를 직접적인 대화를 통해 확인하고, 더불어 그 삶과 작품세계, 시대·사회적 가치에 대해 구명究明했 던 것인데, 비록 낙양의 지가를 올리지는 못했지만 스테디셀러 로 좋은 반향을 얻었다. 그 외에도 나는 그의 출판사에서 평론 집 《문화 통합의 시대와 문학》을 상재했고, 이 평론집으로 김환 태평론문학상을 받았다. 그리고 이인직에서 김영하에 이르기까 지 100명의 작가 및 작품을 연구한 《한국현대문학 100년 대표 소설 100선 연구》 3권을 상재했으니, 그는 물론 출판사와도 만만치 않은 인연을 쌓은 셈이다.

그의 말년에, 그가 한국시인협회 회장을 맡아 신문 지면에 이름이 등장하고, 시집 출간 이후, 시인으로서 이름이 여러 곳에서 거론될 때, 가끔 전화로 문자를 나누었다. 건강에 문제가 있는 것으로 알고 있었기에 늘 건강하시라는 것이 나의 말이었고, 고맙고 힘이 난다는 것이 그의 말이었다. 그러던 그가 작별 인사도 없이 홀연히 천국으로 가버렸다. 그리고 벌써 수년의 세월이 흘렀다. 남은 사람들은 어떻게든 제각각의 모습으로 살아가겠으나, 한발 먼저 간 이와 좀 더 늦게 가는 이의 생애는, 광활한 우주의 눈으로 볼 때 미소한 차이에 불과할 것이다. 여기 애잔한 마음으로 그의 삶을 기억하는 자리에서 다시금 옷깃을 여미며 명복을 빈다.

황순원과 황석영의
뜻깊은 만남

　지난 6일, 경기도 양평의 황순원문학촌 소나기마을에서는 매우 특이한 문학 행사가 있었다. '한국 현대 명단편 101선'의 출간을 마친 작가 황석영이, 독자들과 만나는 공간을 발걸음 쉬운 서울로 하지 않고 양평의 황순원 문학관으로 한 것이다. 작가와 출판사 관계자, 언론사 기자 몇 사람, 그리고 50여 명의 애독자들이 고즈넉한 숲속의 문학마을과 전시실을 둘러보고 강당에 모여 강연과 대담을 진행했다. 대담자는 문학평론가 신수정이었다.

　작가와 대담자는 현대소설 명단편 101편을 선정한 기준에 대해 공들여 설명했다. 그중에서도 특이한 점은, 이광수와 김동인을 건너뛰어 염상섭에서 시작한 것이었다. 이는 문학사적 계보를 따지는 일에 있어 하나의 혁명에 해당한다. 개화세대의 시발에 현대소설의 중점을 두지 아니하고, 근대의식의 구체적 발아와 3·1운동을 전후한 문학과 현실의 직접적 상관의 계기를 주목했다. 이러한 관점의 이동은 이 작가의 세계관과 문학관을 표방하고 있으며, 동시에 자신의 오랜 실천적 행보를 반영한다. 작가는 이 작업을 두고 '시대의 미세한 속살'을 들추어 보는 일이라고 표현했다.

황석영이 가진 작가로서의 여러 장점 가운데 독자들과 만났을 때 단연 압권인 것은, 그 양자 사이를 가로막는 강고한 유리벽을 아주 손쉽게 허문다는 사실이다. 등짐 지게를 지는 막일꾼과도 땅바닥에 주저앉아 손을 마주잡고 얘기할 수 있고, 김일성을 만나서도 다리를 꼬고 앉아 농담을 던질 수 있는 작가가 한국에 또 있을 것 같지는 않다. 그런 연유로 그 대담의 자리는 시종일관 화기애애하고 수준 있는 말들이 오고가는 보기 드문 시간으로 채워졌다. 염상섭에서부터 젊은 작가 김애란에 이르기까지, 시대와 작품의 흐름을 조합한 선별의 안목이 작가의 독서체험과 결부되어 있어서 '황석영 표'라는 명호를 붙일 만했다.

황석영은 1962년 단편 〈입석부근〉으로 한국의 지성을 대표하던 잡지 〈사상계〉를 통해 등단했다. 문단에 놀라운 천재가 등장했다는 것이 심사위원들의 소감이었다. 40대의 중후한 남자일 것으로 여겨졌던 수상자는, 놀랍게도 18세의 고등학생이었다. 1970년대 중반에서 1980년대 중반을 가로지르며 불후의 역작으로 기록된 대하장편 《장길산》의 작가 황석영은 이렇게 요란한 방식으로 문단에 나왔다. 그런데 그 심사위원이 지금 양평의 문학관에 잠들어 있는 황순원 작가였다. 그날 황석영은 스스로 황순원 선생의 문단 제자임을 밝히면서, 그동안 겨를이 없었으나 이제부터 그 제자로서의 도리를 다하겠다고 공언했다.

1915년 평남 대동에서 출생하여 일제강점기를 거치면서 20세기 격동기에 순수와 절제의 미학을 보여준 작가 황순원. 그로부터 28년 후인 1943년 만주 장춘에서 출생하여 현대사의 험난한 파고를 딛고 당대의 문필로 성장한 작가 황석영. 이들은 이렇게 황순원의 탄생 100년을 맞던 그해 초봄 소나기마을에서 다시 만났다. 앞선 시대와 지금의 시대를 각각 대표하는 두 황 작가의 만남을 바라보는 눈에는 깊은 감회가 서리지 않을 수 없었다. 이것이 인연이며 이것이 세월이로구나. 생전 황순원 선생의 말씀처럼, 두 작가에게 모두 어떻게 죽을 것이냐 하는 문제는 곧 평소에 어떻게 작품을 쓸 것이냐 하는 문제와 같았다.

황석영은 앞으로 근·현대사를 담은 '철도원 3대'의 이야기로 작품을 쓸 것이라 했다. 필자는 황순원의 빼어난 단편 〈독 짓는 늙은이〉를 생각하며 때늦게 만난 두 작가를 항아리에 비유했다. 일생을 문학적 완전주의로 일관하여 흠이 없는 항아리 황순원. 거기에 자신이 살아온 시대와 삶의 모습을 담아내며 올곧은 문학과 작가정신의 진수를 보였다. 분단과 압제의 격랑을 감당하느라 조금 금이 간 항아리 황석영. 그러나 그 금간 사이로 흘러내린 물이 황무한 땅의 이름 모를 풀꽃들을 값있고 풍성하게 키워냈다. 이 서로 다른 큰 그릇들의 귀한 만남은 그냥 곁에서 보기에도 참 좋았다.

인사人事가
만사萬事다

평안북도 정주에서 남의집살이를 하던 청년이 있었다. 동작이 민첩하고 눈빛이 살아 있는 총명한 청년이었다. 매일 일찍 일어나 마당을 쓰는 일로 시작해서 모든 일을 스스로 찾아서 했다. 아침마다 주인의 요강을 깨끗이 씻어서 햇볕에 말린 다음 다시 안방에 들여다 놓았다. 주인은 이 청년을 막일하는 일꾼으로 두기에는 너무 아깝다고 생각하고, 평양의 숭실중학에 입학시켰다. 일제 침탈 시기, 을사늑약이 체결되던 1905년의 일이다. 공부를 마친 청년은 고향으로 내려가 오산학교의 선생이 되었다. 온 민족의 존경을 받는 독립 운동가이자 언론인, 종교인으로 살아온 고당 조만식 선생(1883-1950년)의 젊은 시절 이야기다.

나중에 사람들이 물었다. 그 막일꾼이 어떻게 선생이 되고 독립운동 지도자가 되었느냐고. 선생의 대답은 이랬다. "주인의 요강을 정성 들여 씻는 성의를 보여라." 겸손과 성실로 출발한 선생의 삶은, 6·25동란 중 타계하기까지 한결같은 모습으로 일관했다. 여기서 선생의 품성을 말할 때, 자칫 놓치기 쉬운 대목이 있다. 선생도 훌륭하지만 그에 못지않은 것은, 그 사람됨을 알아본 주인의 안목이다. 사람은 자기가 아는 만큼 이해한다는 말이 있다. 주인의 인격적 성숙과 사람을 보는 혜안이 없었더라면, 그와 같은 후원이 어려웠을 터이다.

미국의 남북전쟁이 발발하기 몇 해 전의 일이다. 오하이오 주의 부호인 테일러Worthy Tailor 씨의 농장에 한 거지 소년이 찾아들었다. 17살의 짐이라는 소년이었다. 일손이 많이 필요한 테일러 씨는 소년을 막일꾼으로 썼다. 그로부터 3년 뒤, 테일러 씨는 짐과 자신의 외동딸이 서로 사랑하게 되었다는 사실을 알았고 짐을 때려서 빈손으로 내쫓았다. 세월이 흘러 35년이 지난 다음, 낡은 창고를 헐다가 짐의 보따리를 발견했다. 그 속에 있는 한 권의 책 속에 짐의 본명이 적혀 있었다. 제임스 가필드James A. Garfield(1831~1881년). 그 당시 현직 미국 대통령이었다.

가필드는 미국 제20대 대통령이었다. 어린 시절을 가난하고 불우하게 보냈으나, 나중에 하이럼 대학을 수석으로 졸업하고 남북전쟁에 북군 장교로 참전했다. 육군 소장을 거쳐 하원의원에 8번 당선되었으며, 1881년 마침내 백악관에 입성했다. 그는 비록 대통령직에 오래 머물지는 못했으나, 참으로 곤고한 자리에서 몸을 일으켜 나라의 정상에 이른 입지전적 인물이었다. 그런데 오하이오의 농장주인 테일러 씨에게는, 안타깝게도 이

'될성부른 나무'를 알아볼 안목이 없었다. 그 안목은 상대를 긍휼히 여기고 인격적으로 대할 때 비로소 생성하는 것이기 때문이다.

청년 조만식에게서 보았듯이, 사람을 알아보는 눈은 쌍방 소통의 구조를 가졌다. 사람 그 자체의 품성이 좋아야 하고 이를 알아보는 판단력이 적확해야 한다. 스스로 몸을 일으켜 한 시대의 인물이 되고자 하는 이는 먼저 자신의 됨됨이를 탁마琢磨해야 하고, 언제 어느 분야에서건 값있는 사람을 쓰고자 하는 이는 흙 속에 묻힌 옥돌을 알아보는 견식을 갖추어야 한다. 우리의 선조들이 인재를 발굴할 때 신언서판身言書判의 기준을 적용한 것은, 이 엄중한 일에 유용한 원칙을 세운 범례다. 살아온 세월의 행적을 담은 외모와 말과 글과 판단력을 살피는 이 사람 평가의 방식은, 중국의 역사서 '당서唐書'에 나온다.

우리 사회는 지난 여러 해를 거치며 온갖 우여곡절을 겪어 왔고, 특히 사람을 제대로 쓰지 못한 일로 분란이 많았다. 청와대에서 기업, 그리고 교육 현장에 이르기까지 상식과 교양을 벗어난 사람들로 인하여 온 나라가 몸살을 앓았다. '인사가 만사'라는 말을 입에 담지나 말든지. 한글을 창제한 세종대왕은 집현전을 인재풀로 구성했지만, 동시에 그 자신이 당대 제일의 음운학자였다. 입신자立身者와 용인자用人者가 함께 성공하는 나라, 그 꿈을 잃지 않았으면 좋겠다.

시간을
저축해둔
사람은 없다

계절의 여왕 오월은 감사의 달이다. 녹음방초가 꽃의 아름다움을 이기는 늦봄의 풍광에 고마워할 수 있다면 그것만으로도 좋은 삶의 태도가 아닐 수 없다. 거기에 어린이날, 어버이날, 스승의 날이 줄지어 있으니 사람으로서의 도리, 곧 인륜을 바탕에 두고 마음을 나누며 정성을 주고받는 계절이다.

이러한 절기가 때로 성가시기도 하지만, 이를 계기로 소원했던 관계를 회복하고 미처 내놓지 못했던 말도 전할 수 있으니 지금이 바로 그때이다. 그러나 이 기꺼운 일들 중에는, 경우에 따라 형용할 수 없는 아픔이나 슬픔을 숨기고 있는 사례도 많다. 사랑을 표현할 대상을 여의어서, 소통할 수 있는 길이 없어서, 눈물로 대신해야 하는 이들이 허다하기 때문이다.

이렇게 서두가 긴 까닭은, 필자에게 스승의 날이 해마다 가슴 밑바닥을 저미는 동통과 함께 지나간다는 사연을 토설하기 위해서이다. 고등학교 3년간 내리 담임을 하셨던 故 남상현 선생님은, 학교 학생회장 선거에 나간 필자에게 이렇게 말씀하셨다. '애야! 네가 당선된다면 학교에 좋은 일이고 낙선한다면 네게 좋은 일이다.' 그렇게 정이 깊으셨던 선생님은 지금 이 세상에 계시지 않는다.

아직 어리고 생각도 여물지 않았던 내게, 그보다 더 큰 격려는 없었다. 당선되면 학교를 위해 성과 있는 일을 할 수 있을 것이니 좋고, 낙선하면 보다 더 공부를 열심히 해서 좋은 대학에 갈 수 있지 않겠느냐는, 그야말로 양수겸장兩手兼將의 후원이었다. 지방도시에서 서울로 대학을 온 이래, 나는 늘 이 말씀의 의미를 끌어안고 살았고 재학 중 군에 입대하기 전까지는 편지로 연락도 자주 드렸다.

그런데 제대를 하고 복학한 이후가 문제였다. 왜 그런 모자라는 발상으로 스스로를 구속했는지 지금도 애가 탄다. 내가 선생님께 자랑스럽게 내놓을 수 있는 사회적 성취를 이룬 다음에야 선생님을 뵈러 가겠다고 다짐을 했다. 한번 끊긴 연락은 쉽게 이어지지 않았고, 나는 나대로 열심을 다해 살았다. 대학 교수가 되는 것을 무슨 큰 성취라 할 수 없겠으나, 삼십대 후반 모교에 발령을 받은 다음 선생님을 찾아갔다.

그런데 그 무슨 청천벽력 같은 사태였을까. 선생님은 그 얼마 전에 폐가 나빠져서 유명을 달리하셨던 것이다. 참 많이도 울었다. 도대체 무엇 때문에 그렇게 아무짝에도 쓸모없는 원칙을 세워놓았을까. 어느 시기든 내 모습 그대로를 선생님께서 더 반가워하셨을 것이라는 깨우침이, 지천명의 세월을 여러 해 넘긴 인생행로에 와서야 더욱 절실하게 밀려왔던 것이다.

그 무렵 필자가 재직하는 대학의 같은 학과에 있던 동갑 나이의 교수 한 분이 세상을 떠났다. 그 제자들이 빈소와 영결식에서 눈물을 흘리며 서 있는 것을 보니 아, 이분이 참 잘 살았구나, 싶어 감동이 깊었다. 또 그 무렵 가까이 모셨던 소설가 김용성 선생이 세상을 떠났다. 친밀했던 문인들이 장례를 마친 후에 그분을 못 잊어 함께 추억을 가진 주점을 전전하는 것을 보고, 나는 참된 우정에 대해 오랫동안 숙고해 보았다.

세상에 시간을 저축해두고 사는 사람은 없다. 사랑하는 사람을 기리고 오랜 벗과 우의를 다지며 사제 간의 깊은 교감을 나누는데, 우리는 절대량의 시간이 부족한 것을 대개 잊고 산다. 그리고 그보다 더 나쁜 것은 무책임과 무관심이다. 희대의 독설가 버나드 쇼는 '우리의 동료 피조물에 대한 가장 나쁜 죄는 그들을 미워하는 것이 아니라, 그들에게 무관심한 것이다. 그것은 비인간적인 태도의 본질이다'라고 단정했다.

버나드 쇼의 묘비명은 거기서 한 걸음 더 나아간다. '우물쭈물하다 내 이렇게 될 줄 알았다.' 이처럼 우물쭈물하는 습관을 벗어던질 기회가 곧 감사의 계절 오월이다. 쇼의 일생 전체를 건 경고를 지금이 아니면 언제 다시 귀담아들을 것인가.

4

건전한 상식의 강인한 힘

미(微)에 신(神)이 있느니라

놀랍지 않으면 버려라

소신을 지키며 산다는 것

문학 가운데 '사람'이 있다

약한 것으로 강한 것을 이기려면

약속을 남발하는 나라

5차 산업혁명을 기다리며

교육 백년대계를 잊은 행정

부끄러운 부자들의 나라

건전한 상식이 재난을 이긴다

노블레스 오블리주를 상실한 시대

미微에
신神이 있느니라

다음 글은 필자가 감동적으로 읽은 예화다. 글의 문면은 여기저기서 볼 수 있으나 안타깝게도 모두 글쓴이의 이름을 찾을 수 없었다. 글쓴이는 자신의 미국 유학시절 얘기를 하고 있는데 이를 요약해서 옮겨 보면 다음과 같다.

"……교양과목으로 심리학을 들을 때였다. 제니라는 교수가 여름방학을 앞둔 어느 날 칠판에 이렇게 적었다. 당신이 만일 사흘 후에 죽는다면! 교수는 학생들에게 당장 하고 싶은 일이 무엇인지 세 가지만 순서대로 말해 보라고 했다. 평소 말 많은 친구 마이크가 가장 먼저 입을 열었다. 부모님께 전화하고, 애인이랑 여행가고, 작년에 싸워서 연락이 끊어진 친구에게 편지 쓰는 것으로 사흘을 쓰겠다! 학생들은 저마다 웅성거리고 나 역시 고민하기 시작했다. 글쓴이의 생각은 이랬다. 부모님과 마지막 여행을 간다, 꼭 한번 들어가 보고 싶었던 고급 식당에서 비싼 음식을 먹는다, 그리고 그간의 삶을 정리하는 마지막 일기를 쓴다!

　20분쯤 지난 뒤, 교수는 학생들의 대답을 듣기 시작했다. 놀랍게도 죽음을 전제한 사람들의 세 가지 소망이 다들 평범하기 이를 데 없었다. 제니 교수는 칠판으로 다가가 단 한마디를 적었다. Do it now! 바로 지금 하라! 들뜨고 어수선했던 강의실은 찬물을 끼얹은 듯 조용해졌다. 그 한마디야말로 유학 중에 익힌 어떤 학문이나 지식보다 값진 가르침이었다⋯⋯."

　너무도 쉬운 논리인데, 이를 일상생활 속에서 실천하기란 결코 쉽지 않다. 우리는 자칫 우리에게 허여許與되어 있는 시간이 무한대인 양 착각하며 산다. 그래서 작지만 소중한 문제들을 소홀히 하고, 할 수만 있다면 다음 기회로 미룬다. 곰곰 생각해 보면 그와 같은 상황으로 허비한 시간과 그렇게 해서 놓친 사람이 얼마인가. 작은 문제를 얕보다가 낭패를 당한 것이, 그 작은 문제들이 모여 큰 문제를 일으킨다는 사실을 뒤늦게 깨달은 것이 또 얼마인가.

　20세기 중·후반기를 대표하는 베스트셀러 작가 이병주 (1921-1992년)는 자기 글의 소제목으로 '미微에 신神이 있느니라'라는 레토릭을 사용했다. 우리 삶의 여러 절목 가운데 작고 소박한 '미'는 무엇이며, 그것이 집적하여 의미와 가치를 생성하는 '신'은 또한 무엇인가. 어쩌면 이 양자 사이에 가로놓인 외나무다리를 건너는 것이 우리 인생의 행로인지도 모른다. 그 행로는 세상을 바라보는 눈이 원숙해지고 그 배면에 이를 부양하는 세월의 경륜이 쌓여 있을 때, 비로소 온전하게 체득할 수 있는 깨달음의 길일지도 모른다.

작은 것에 충실해야 한다는 작고도 큰 원리를 삶의 현장에 적용할 때, 가장 먼저 마주치는 것은 작은 시간을 귀하게 쓰는 태도다. 〈15분〉이라는 단막극이 있다. 한 유능한 젊은이가 죽음을 앞둔 마지막 15분에 그동안 소원하던 여러 가지 성취의 소식을 듣지만 결국 죽음에 이른다는 줄거리다. 시간의 엄중함을 보여주는 극단은 러시아 문호 도스토옙스키가 겪은 '최후의 5분간'이다. 사형수였던 그가 집행 5분 전 절체절명의 순간을 넘기고 사면을 받는 실제 장면이다. 시베리아로 유형流刑을 떠난 그는 비로소 인류문학사의 대문호가 되는 길을 걸었다. 이 여러 국면은 우리가 무엇을 위해 시간을 아끼며 살 것인가를 가르친다.

작은 것을 지키는 데에 '시간' 못지않은 절실함을 가진 삶의 항목이 '약속'이다. 작은 약속을 지키지 않는 이는 당연히 큰 약속도 지키지 않는다. 영국의 사회운동가였던 쉐프츠베리 경卿은 한 거지 소녀와의 약속을 지키기 위해 중요한 일정을 포기했다. 약속을 하고도 아무 거리낌 없이 잊어버리거나 태연하게 지키지 않는 행태는 곧 후진성의 지표를 말한다. 누구나 잘 알면서도 쉽게 간과하는 이 삶의 '원리'를 숙고해 보면, 누구나 당장 바로 해야 할 일이 눈앞에 보이지 않을까.

놀랍지 않으면
버려라

　필자가 오래 교유하는 지인 가운데 의상 디자이너 안 모 씨가 있다. 일찍이 일본에서 유학했고 젊은 시절 명성을 얻어 자기 분야에서 보람을 갖고 일했다. 그가 내게 선물한 저서의 제목이 놀라웠다. '놀랍지 않으면 버려라!'가 그것이었고, 이는 전문가의 확고한 프로의식과 창의력 그리고 반전의 상상력을 말하고 있었다. 우리가 사는 일상 가운데 얼마나 많은 부분들이 그저 그렇게 밀고 밀리며 흘러가는가. 그러한 삶의 방식이 안온하고 원만한 현실을 약속할지는 모르나, 새로운 영역을 개척하고 미래지향적 가치를 산출하는 데는 별반 효력이 없다. 어떤 아이디어나 실천 방안이라도 창안자 자신에게 놀랍지 않으면 다른 이들이 함께 공감하기 어렵다.

　그런데 그 놀라운 생각은 어느 한순간에 섬광처럼 주어지는 것도, 선물처럼 거저 생기는 것도 아니다. 맡은 숙제를 놓고 고민하고 연구하고 시행착오를 거치며 다시 시도하고…… 이처럼 곤고한 과정을 거친 후에야 비로소 근접할 수 있는 결실이요 수확일 터이다. 경기도의 작은 도시 군포에서는 2010년부터 '책 읽는 도시' 운동을 시작하여 이를 브랜드 네임으로 삼았다. 안산, 시흥, 과천 등에 둘러싸인 인구 29만의 군포는 그 규모가 전국 165개 도시 중에 세 번째로 작다. 서울의 위성도시로 뚜렷한 특산물도 내놓을 만한 전통문화도 없는 형편이었으나 '책과 독서의 명품도시'를 비전으로 설정하면서 주목받기 시작했다.

근자에는 '책나라 군포'를 선포하면서 그 꿈의 범주를 한껏 넓혔다. 군포의 독서운동은 '대한민국 독서대전'이란 국가 행사를 견인했고 그 첫 수상의 영예를 안기도 했다. 필자는 이 도시의 조찬 강연을 두 차례 다녀오면서 여러 가지를 생각하고 또 내외의 문제를 분석해 보았다. 이처럼 당장의 세상살이와 거리가 있어 보이는 독서운동이 성과를 이룬 데는 몇 가지 요인이 있었다. 우선 시민 모두가 책을 읽는 인문학 도시를 목표로, 정신적으로 거듭나겠다는 강력하고 도전적인 시정市政의 발상이었다. 지자체의 수장이 소매를 걷어붙였고, 전국에서 유일하게 행정조직 내에 '책 읽는 정책과'를 두고 실무를 담당하게 했다. 그리고 이 운동이 관 주도가 아니라 시민참여의 형식이 되도록 다양한 계기와 행사들을 마련했다.

놀라운 발상에 관한 또 하나의 예를 들어보자. 녹차의 고장 하동은 야생차의 명산지로 알려져 있었고 다른 지역의 녹차와 경쟁을 하며 그런대로 명성을 유지해왔다. 그런데 지난해 '왕의 녹차'란 브랜드로, 세계 최대 커피 전문 프랜차이즈 스타벅스Starbucks를 통해 세계 시장에 그 얼굴을 선보였다. 그리하여 친환경 가루녹차 100톤, 215만 달러(한화 약 25억 원)어치의 수출 계약을 스타벅스와 체결했다. 근본적으로 차의 우수성이 인정된 덕분이겠지만, 그 가운데 눈에 보이지 않는 눈물겹고 끈기 있는 노력이 숨어 있었을 것이다. 새롭게 문을 열고 길을 닦은 것이 시작이라면, 앞으로 더 큰 판로를 개척할 수 있고 또 고용 창출과 관광 수요 등을 확대할 수 있을 것이다.

다른 산에서 난 나쁜 돌도 숫돌로 쓰면 자신의 구슬을 가는 데 소용이 된다는 뜻으로 타산지석他山之石이란 말을 쓴다. 하물며 다른 지역의 아이디어와 추진력을 배우고 익히는 일은 아무리 강조해도 지나치지 않다. 예로 든 군포와 하동의 경우, 공통적으로 드러나는 것은 행정 책임자의 적극적이고 공격적인 활동이요 관민이 함께 호흡하는 협력 체계였다. 그리고 얼핏 가능해 보이지 않는 일을 놀라운 아이디어로 입안한 다음 좌고우면하지 않는 소신으로 돌파해 나간 도전정신이었다.

보다 잘살고 보다 행복한 삶의 환경을 누리는 것이 우리 모두의 꿈이다. 다만 어떤 획기적인 대안으로 어떻게 군민의 마음을 모으며 이를 구현해 나갈 것인가가 목전의 과제다. 그러자면 군의 행정 수장을 결정하는 지자체 선거에서 놀라운 지도력으

로 군정을 이끌 좋은 군수를 선출해야 옳겠다. 민주주의의 요체
는 거두절미하고 선거를 잘하는 것이다.

소신을 지키며
산다는 것

요즈음 인터넷 공간을 떠도는 '돈보다 더 귀한 아름다운 마음씨'라는 이야기가 있다. 어느 추운 겨울날, 한 어린 소녀가 발을 동동 구르며 유리창 너머로 가게 안을 들여다보다가 이윽고 안으로 들어섰다. 소녀는 가게 주인에게 푸른 구슬 목걸이를 포장해 달라고 했다. 세상에 안 계신 어머니 대신 자기를 키워주는 언니에게 줄 선물이라는 것이다. 소녀는 저금통을 모두 털었다면서 주머니에서 동전을 쏟아놓았다. 물론 목걸이의 가격에 비하면 터무니없이 적은 돈이었다. 주인은 슬그머니 정가표를 떼고 예쁘게 포장하여 소녀에게 주었다.

다음 날 저녁, 한 젊은 여인이 가게 안으로 들어서서 푸른 목걸이를 내놓았다.

"이 목걸이 이곳에서 파신 물건이 맞나요? 진짜 보석인가요?"

"예, 저희 가게 물건입니다. 그리고 아주 좋진 않지만 진짜 보석입니다."

"누구에게 파셨는지 기억하시나요?"

"물론입니다. 예쁜 소녀였지요."

"그 아이에게는 이런 보석을 살 돈이 없었을 텐데요."

그러자 가게 주인은 물끄러미 젊은 여인을 건너다보다가 조용히 말했다.

"그 소녀는 누구도 지불할 수 없는 큰돈을 냈습니다. 자기가 가진 것 전부를 냈거든요."

보석 목걸이는 물질을 소중하게 여기는 사람들에게는 확고한 힘의 상징이다. 하지만 이와 같은 물질적 가치는 그 힘의 구조에 전혀 방점을 두지 않는 사람들에게는 무용지물이다. 그러한 정신주의자들에게 목걸이가 귀한 경우는 외형의 장식으로 아름다운 때가 아니라, 보석의 빛과 마음의 빛이 동일한 감동으로 다가올 때다. 이 삽화가 우리에게 가르쳐주는 것을 이해하기는 쉬우나 실행하기는 어렵다. 그래도 나 자신에게 이러한 반문을 던져보기라도 해야 한다. 나는 과연 누군가를 위해 나 자신이 가진 것 전부를 내어줄 수 있을까? 누군가 나를 위해 그가 가진 것 전부를 내어줄 사람이 있을까?

비록 그 실천의 자리에 바르게 서기는 어렵더라도, 이토록 눈물겹고 순수한 마음을 귀하게 받아들이는 것이 인지상정이다. 다른 표현으로 우리는 그것을 건전한 상식이라고 한다.

상식이 지켜지는 사회는 건강한 공동체다. 상식은 지켜도 되고 안 지켜도 되는 덕목이 아니라 반드시 지켜야 하는 도덕률이다. 1960년 9월 미국 식품의약국FDA에서 있었던 일이다. 프랜시스 올덤 켈시 박사는 신약허가신청서를 평가하는 공무원이었다. 그때 켈시 박사가 받은 신청서의 의약품은 탈리도마이드 성분의 임산부 입덧 방지제였다. 이 약은 이미 유럽에서 널리 쓰이고 있었고 미국에서도 쉽게 승인이 날 것으로 여겨졌다. 하지만 켈시 박사는 이 약이 사람과 동물에 각각 다른 작용을 하는 것이 의심스러워 승인을 거부했다.

엄청난 이윤이 걸린 사안이라 제약회사에서는 켈시 박사에게 집요한 로비와 협박을 동원했다. 그는 끝까지 뜻을 굽히지 않았다. 이후 이 약이 기형아 출산을 유발한다는 연구가 나왔으나, 이미 유럽에서는 이 약의 영향으로 1만 2,000명의 기형아가 태어난 다음이었다. 켈시 박사는 소신을 지킨 강직한 공직자의 표상으로 존 F. 케네디 대통령이 공무원에게 주는 최고상을 수상했고, 그때까지 허술했던 미국의 의약품 허가제도가 한층 강화되는 계기가 됐다. 그러나 수상자는 "나는 그저 서류를 깔아뭉갠 것 말고는 한 일이 없다"라고 겸양을 표할 뿐이었다. 새로운 조치는 없었지만 승인을 거부한 것만으로도 그 행위에서 상식이 살아 있었다.

오늘의 우리 사회는 소득의 격차, 빈부의 양극화가 너무 심하고 청년실업이 사상 최고치를 기록하여 불평불만이 넘친다. 이러한 위기의 시대를 감당하기 위해서는 가진 자의 상식이 빛을 발해야 할 터인데, 사정은 오히려 그 반대다. 경제협력개발기구OECD 국가 가운데 가장 초라한 성적표를 기록하고 있는 기부 문화만 보아도 그렇다. 세계적인 부호들이 부의 사회 환원을 어떻게 실천하고 있는가를 살펴보면 한국의 부자들은 부끄럽기 짝이 없다. 세계 3위의 부호 워런 버핏은 재산의 99퍼센트를 기부하기로 했고, 홍콩의 재신財神 리카싱李嘉誠은 그 지역 복지기금의 주역을 맡고 있다. 조세제도를 획기적으로 개정해야 한다는 목소리는 인색하기 이를 데 없는 한국 부자들의 행태에 바탕을 두고 있다.

국가를 이끌어 가는 정치 지도자들의 양극화는 차마 눈뜨고 볼 수 없는 지경이다. 남북과 동서로 쪼개진 나라가 이제는 보수·진보로 갈라져 만신창이가 됐다. 조선조의 붕당과 구한말의 혼란이 떠오르는 것은 나만의 생각인가. 민족적 국가적 차원에서 내일을 바라보는 경륜은 간 곳이 없고 정권적 정파적 이해관계만이 후안무치하게 난무하는 형국이다. 온갖 난관 속에 남북대화도 가능한데 왜 진영논리에만 발을 담근 채 남남대화는 시도조차 하지 않는가. 정치도 경제도 건전한 상식의 회복을 위해 정명주의正名主義의 근본으로 돌아가야 한다. 지금 이를 인식하지 못하는 지도자는 정녕 후세의 사필을 두려워해야 할 것이다.

문학 가운데
'사람'이 있다

문예이론의 교조敎祖로 통하는 헝가리 태생의 문학사가文學 史家 게오르그 루카치(1885-1971년)는 그의 나이 서른에 쓴 유명한 저술《소설의 이론》서두에서 '역사철학적' 행복론, 즉 하늘의 별빛과 인간 내면의 불꽃이 동일하던 시대, 이상과 현실이 일치하던 시대의 삶을 예찬했다. 그러나 루카치는 제1차 세계대전 이후 소설이 현실을 반영해야 하며, 작품 속의 '문제적 인물'과 더불어 사회문제를 개선하는 데 기여해야 한다고 주장했다. 즉 유럽을 중심으로 한 세계사의 흐름과 소설 장르를 결부한 방향성을 내다본 것이다.

그에게 있어 문학은 단순한 여기餘技나 향유의 대상이 아니라 시대와 역사에 대한 신념이요 그 발화였다.《소설의 이론》말미에서 도스토옙스키는 단 한 편의 소설도 쓰지 않았다고 매우 도전적으로 쓴 것은, 그의 소설이 과거와 달리 꿈과 삶의 동화同化를 향한 전혀 새로운 차원을 담보해야 한다는 당위성을 내세운 것이었다. 하지만 도스토옙스키는 물론 서구와 세계 역사의 흐름이 루카치의 예언을 충족시키지 않았다. 그가 갈망했던 문예이론의 바탕으로서 마르크시즘은 100년간의 형식실험 끝에 종언을 고했다.

그러나 이 고매하고 돌올한 이론가가 시종일관 붙들고 있던 시대사와 문학의 상관성은 양#의 동서와 시時의 고금을 넘어 오늘에 이르러서도 여전히 강력한 시사점을 환기한다. 한국 현대문학 100년의 시발을 알린 이광수의 장편소설 《무정》이 발표된 지 100여 년이 지났다. 그동안 이 역사 과정에 명멸한 시대적 사건과 문학작품은 부지기수이지만, 가장 선이 굵고 뚜렷한 항목들을 선별하여 살펴보는 것이 의미 있는 때가 되었다. 이는 프랑스의 작가 아나톨 프랑스의 표현처럼, 문학사는 걸작들을 징검다리로 하여 형성된다는 시각을 반영하는 것이기도 하다. 다만 그 과정에 개재된 공통의 시대정신Zeitgeist이 무엇인가를 도출하는 일이 중심과제다.

개화세대에 있어 그 시대의 풍경과 욕구를 새롭게 반영하면서, 민족의 교사를 자처했던 작품이 이광수의 《무정》이다. 1917년 1월부터 6월까지 모두 126회에 걸쳐 〈매일신보〉에 연재된 한국 최초의 본격 장편소설이다. 민족주의와 인도주의에 입각하여 자아각성과 계몽의식을 앞세운 순 한글문체로 되어 있다. 그야말로 근대 이래의 기념비적 작품이며, 이러한 문학적 성과에 비추어 볼 때 만약 이 작가에게 친일행각이 없었더라면 단연 '근대문학의 아버지'란 호명이 공여되었을 것이다. 이 소설에 등장하는 네 명의 주요인물은 근대성을 표방하는 동시에 그 내면에 있어서는 인간을 소중하게 여기는 인본주의 사상으로 충일했다.

그 이후 출간된 작품에서는 일제강점의 심화와 탄압으로 역사공간 또는 자연친화의 글쓰기로 도피한 문학작품들을 찾아볼 수 있다. 특히 시대현실과의 단절과 더불어 서정성의 확대 및 언어의 조탁에 몰두한 작품으로 김유정의 《동백꽃》, 이효석의 《메밀꽃 필 무렵》 같은 소설 그리고 정지용, 김영랑 등 시문학파 시인들의 시가 대표적이다. 이 시기를 넘어 광복과 6·25동란의 격동기를 거치면서 이에 대응하는 많은 작품들이 산출되었다. 옛시 평설의 한 구절처럼 '국가불행시인행國家不幸詩人幸'의 면모가 넘쳤다. 이 무렵의 대표작인 황순원의 《나무들 비탈에 서다》를 보면, 삶의 환경이 험난하고 각박할수록 문학은 오히려 더 인간의 존엄성을 부양한다. 문학이 곧 인간학인 셈이다.

다음으로 산업화와 민주화 운동기에 이르러서는 황석영의 《장길산》이 문학사의 한 획을 그었다. 한 걸출한 영웅의 활동에 의지해서가 아니라 당대를 살아가는 여러 민중세력의 연합에 의해 새 세상을 꿈꾸는 이야기로, 그 핵심에는 인간중심주의가 있다. 오늘날 다양성과 다원주의의 시대에 가장 주목을 받는 한

강의 《채식주의자》를 일별해 보아도 이 주제를 능가하는 개념은 찾기 힘들다. 《무정》 이래 100년에 이른 한국문학사는 결국 인본주의 사상을 표방한 작품들을 징검다리로 하여 한 세기를 구성했다. 비단 문학에서만 그렇겠는가. 온 세상에 사람보다 앞서는 것은 없다. 정치도 경제도 사회 일반에서도 그렇게 사람 자체를 소중히 여기는 정신이 별빛처럼 살아 있다면, 100년 문학의 교훈이 결코 헛되지 않을 것이다.

약한 것으로
강한 것을
이기려면

클레오파트라 7세는 이집트 왕조의 마지막 파라오다. 미인의 대명사가 된 이 비운의 여왕은 부왕이 세상을 떠난 뒤 남동생과 같이 왕위에 올랐으나 금세 서로 다투었고, 권력 싸움에 밀려 이집트 밖으로 쫓겨났다. 기원전 48년, 그녀의 나이 스무 살 때의 일이다. 이렇듯 절망적인 상황에 처했던 그녀가 다시 이집트의 여왕으로 복귀하고, 세계사의 한 획을 장식한 영웅적 인물로 기억되는 것은 뛰어난 책략 때문이었다. 그녀는 사랑이라는 이름으로 당대 로마의 지배자 카이사르를 사로잡았다.

카이사르가 역사의 무대에서 사라진 다음에는 안토니우스와 사랑에 빠졌다. 이 사랑은 결국 안토니우스를 파멸시켰고 이집트 왕조 또한 멸망하게 되었지만, 세계에서 가장 강력한 두 남자의 연인으로서 막강한 로마제국과 병행하여 자신의 나라를 지켰다. 중요한 것은 그녀가 가진 불세출의 매력이 널리 알려진 것처럼 외모의 아름다움에 있지 않았다는 사실이다. 세계사적 지위의 남자들이 그 치마폭에 굴복한 것은 끊임없는 독서와 사유를 통해 다진 지성과 재치 덕분이었고, 그녀는 국제 정세와 경제의 흐름을 읽는 명석한 눈으로 약소한 나라의 어려움을 지혜롭게 감당했던 것이다.

힘이 강한 나라들에 둘러싸여 있기로는 스위스만한 경우가 없다. 스위스의 영세중립주의는 19세기 초반에 벌어진 나폴레옹 전쟁 당시 주변 열강에 종속되지 않고 자국의 독립을 지키기 위한 선택이었다. 전쟁이 끝나고 유럽의 신질서를 위해 열린 비엔나회의에서 이 선택이 승인되면서 영세중립국 스위스가 탄생했다. 약자가 강자들과 국가의 명운을 걸고 거래한 외교적 승리였다. 스위스는 그런 다음에도 나라의 안위를 위한 긴장을 풀지 않았다. 이 나라의 인구는 800만 명 정도인데 징병제를 실시하여 국민의 10퍼센트는 30년 동안 현역 또는 예비역으로 복무한다.

스위스 국경의 다리와 터널은 언제든지 외부의 침입을 봉쇄할 수 있도록 설계되어 있다. 뿐만 아니라 스위스 용병들은 강한 의지와 훈련으로 수많은 전쟁에서 명성을 떨쳤다. 지금도 바티칸의 경호를 스위스 위병 135명이 담당한다. 그런가 하면 나라가 핵 공격을 당할 때 전 국민이 대피하는 데 충분한 핵 대피소를 보유하고 있다. 세계에서 가장 큰 핵 대피소인 소넨베르크 터널도 스위스의 것이다. 누란의 위기를 겪어본 국가의 국민들이 얼마나 처절한 경각심을 가졌으며, 얼마나 지혜롭게 이를 풀어나갔는가를 모범적으로 보여주는 사례다. 지정학적 환경이 유사한 우리에게는 참으로 본받을 만한 일이다.

　　베트남은 한국과 오랜 은원을 가진 나라다. 베트남 또한 우리 못지않게 비극적인 역사 과정을 거쳐 왔다. 60년간 프랑스의 식민 지배를 받았고 미국이 직접적으로 개입했던 베트남 전쟁을 겪었으며 지금도 인접한 중국으로부터 끊임없이 국경과 해상의 위협을 받고 있다. 베트남은 국력이 약한 나라이지만 동남아에서 유일하게 제국주의 세력을 스스로의 힘으로 이겨낸 전력을 가졌다. 이 나라의 국민이 자유와 독립에 대해 유난히 높은 자긍심을 보이는 이유다. 1946년 호치민은 프랑스와의 충돌에서 겨우 34명의 공식 군대에 민병대를 더하여 50만 대군에 맞섰다. 지금껏 남중국해를 덮고 있는 패권다툼에서도 베트남은 전쟁을 불사하면서 조금도 중국에 밀리거나 물러서지 않았다.

　　베트남의 경우는 국가의 위신과 안전을 지키는 일이 결코 힘의 우위나 전략적 계산만으로 수행될 수 없다는 교훈을 준다. 더 근본적인 것은 온 국민이 마음을 한데 모아 극복해 나가겠다는 정신력의 승리다. 스위스가 보여준 외교적 집중력과 치열한 대비태세는 우리가 학습해야 할 항목이다. 클레오파트라가 자신이 가진 모든 장점을 활용하여 침략과 부도의 위험에 처한 나라를 지혜롭게 방어한 역사도 참고해야 한다. 대국Great Nation은 없고 강국Strong Nation만 있는 시대의 어려움을 생각하면 더욱 그렇다.

　북한 핵이나 사드 문제 외에도 많은 부문에서 여정은 멀고
날은 어두운 형국이다. 역사 속에 답이 있다. 우리가 약할 때,
그 약한 것으로 강한 것을 이기는 유능제강柔能制剛의 지혜와 책
략과 결기가 필요하다. 이 엄중한 위기의 시대에 나라의 지도
자들은 가장 먼저 국민적 단합을 이끌어야 옳다. 그 역할을 맡
은 정부는 대국大局의 전환을 위해 정권적 정파적 욕심을 내려놓
고 모든 정치세력과 국민으로부터 마음을 얻어야 한다. 야권 또
한 마찬가지다. 천하에 물보다 약한 것은 없으나 굳고 강한 것
을 이기는 데는 물보다 나은 것이 없다. 노자의 《도덕경》 78장
에 있는 말이다.

약속을
남발하는
나라

　　조선조 효종 때 판서 벼슬을 지낸 박서朴遾(1602-1653년)
는 본관이 밀양이고 자가 상지尙之, 호를 현계玄溪라고 썼다. 어
릴 때 당대의 명사 이항복李恒福에게 글을 배워 28세에 과거 급
제한 뒤 이조판서를 거쳐 병조판서에 두 번이나 임명되었다. 그
는 신의를 올곧게 지킨 인물로 지금까지 널리 회자되고 있다.
일찍이 당시의 풍속대로 부모의 뜻에 따라 어느 규수와 정혼을
했는데, 그 약혼자가 중병을 앓다가 그만 눈이 안 보이게 되었
다는 소문이 돌았다. 그러자 박서의 부모는 혼약을 파기하고 다
른 규수와 결혼을 시키려 했다. 박서는 이를 받아들이지 않고
결연히 그 부모에게 말했다.

　　"병으로 눈이 보이지 않는 것은 천명이지 사람의 죄가 아닙
니다. 불쌍한 아내는 함께 살면 되지만, 사람으로서 신의가 없
다면 어떻게 이 세상에서 고개를 들고 살 수 있겠습니까?" 박서
의 부모는 안타까웠지만 아들의 말이 기특해서 그대로 날짜를

받아 혼례를 치렀다. 그런데 신부를 맞고 보니 장님이기는커녕 초롱초롱 빛나는 아름다운 두 눈을 가지고 있었다. 알고 보니 누군가 그 미색을 탐하여 헛소문을 퍼뜨린 터였다. 정보의 근거 확인이 어려운 시대라 그와 같은 현혹이 가능했을 것이다. 여기서 중요한 것은 약관의 나이에 끝까지 약속과 신의를 지킨 그 사람의 됨됨이다.

영국의 사회운동가이자 자선 사업가였던 쉐프츠베리 Shafcebury 경이 길을 가다가 한 거지 소녀를 만났다. 불쌍해 보여서 돈을 몇 푼 주려고 주머니를 뒤졌으나 그날따라 가진 것 없이 나온 참이었다. 그는 소녀에게 며칠 몇 시에 어느 장소로 오면 오늘 주려 한 돈을 주겠다고, 꼭 만나자고 약속을 하고 헤어졌다. 약속한 날이 되었는데 마침 그에게 아주 중요하고 바쁜 일이 생겼다. 처음에는 다른 사람을 시켜 돈을 보내려고 했지만 쉐프츠베리 경은 이내 생각을 바꾸었다. 꼭 가겠다고 한 소녀와의 약속을 상기하면서 불쌍한 소녀를 실망시키지 않기 위해 자신의 무거운 일정을 버린 것이다.

어리고 힘없는 상대와 한 약속이었지만, 그것을 이행하는 가운데 그의 인격이 담겨 있다. 우리는 알게 모르게 한 약속들을 이행하지 못할 때가 종종 있다. 하지만 쉽게 약속을 잊거나 어기거나 취소하려는 사람의 인품은 믿기 어렵다. 그것이 아주 작은 약속이라 할지라도 그렇다. 작은 약속을 지키지 않는 사람은 대개 큰 약속도 지키지 않기 때문이다. 약속을 파기하는 경우는 십중팔구 자신의 이익을 앞세운 때다. 많은 사람이 권력과 금전과 명예를 위해 다른 사람 또는 공동체와 한 약속을 헌신짝처럼 저버린다. 그래도 아무 문제없이 태연할 수 있는 사회는 후진한 사회요 그러한 인물은 볼품없는 인물이다.

지금 우리나라는 보수와 진보, 많이 가진 자와 그렇지 않은 자의 논리 및 이념이 충돌하는 격변의 현장에 있다. 그런가 하면 한반도 주변정세가 급격하게 요동치면서 오랜 세월 익숙해 있던 지정학적 상황이 현저히 달라지고 있다. 한 차례 선거를 지나오면서 이 대내외적 판도를 응대하는 민심 또한 새로운 유형의 목소리를 내고 있는 형국이다. 그 와중에 우리는 너무도 많은 약속의 말을 들었고 여전히 약속의 홍수 속에 있다. 문제는 그렇게 약속을 남발하는 이들이 꼭 그 약속을 지키겠다는 신의가 없고, 듣는 이들도 그것이 지켜질 것이라는 기대를 별로 하지 않는다는 데 있다. 바야흐로 골이 깊은 불신의 시대다.

약속은 힘과 시간을 가진 자가 먼저 지켜야 한다. "힘없는 정의는 무력하고 정의 없는 힘은 압제"라고 한 것은 파스칼Pascal이다. 그런 점에서 사회의 고위층에 요구되는 도덕적 의무와 수준을 말하는, '노블레스 오블리주Noblesse Oblige'의 의미를 되새겨 볼 필요가 있다.

제1차 세계대전에서 50세 이하 영국 귀족의 20퍼센트가 전

사했고, 미국의 케네디와 트루먼 대통령은 신체의 장애를 숨기면서 군에 입대하여 제2차 세계대전의 전장에 나갔다. 입만 열면 허언虛言이기 십상인 한국 정치인들, 지도급 인사들의 행태를 비난하기에 앞서 내가 지켜야 할 약속과 신의가 무엇인가를 먼저 되돌아보아야 할 것 같다.

5차 산업혁명을
기다리며

스페인 작가 세르반테스가 1605년에 발표한 장편소설《돈
키호테》는, 매우 우스꽝스러운 이야기로 구성되어 있다. 주인공
돈키호테가 기사騎士 이야기책을 탐독하다가 망상에 빠져 산초
판자라는 하인과 '비루먹은 낡은 말'이란 뜻을 가진 로시난테를
타고 기사 수업을 떠난다. 그 과정에서 인간적 진솔함과 기지
및 풍자를 담은 여러 가지 모험을 한다.

오늘날 '돈키호테'는 이 소설의 주인공 돈키호테에 견주어
현실을 무시하는 이상주의적 공상가를 일컫는 말로 쓰인다. 주
지하는 바와 같이 그런 인물 유형을 돈키호테형이라 하고 반대
유형을 햄릿형이라 한다.

그런데 어떻게 4세기 전에 지구 반대편에서 창작된 이 황당
한 이야기가 세계문학사에 기록되고, 지금까지도 즐겨 읽게 되
었을까? 그것은 이 소설만큼 시대 변화에 따른 세상 풍속의 굴
절과 문화 충격을 적나라하게 보여주는 경우가 드물기 때문이

다. 중세 기사소설에 심취해 있는 돈키호테는 겉만 근대의 초입에 살고 있을 뿐 그 정신은 봉건시대 삶의 형식에서 한걸음도 진보하지 않았다. 그러니 그가 이발사와 같은 전문 직업인을 만나거나 근대산업의 상징인 풍차를 목격하면 중세와 근대의 충돌이 일어나 우스꽝스러운 행동을 하기 마련이다. 작가는 이를 돈키호테의 정신이상적 행위로 표현했다.

시대가 변하고 산업이 달라진다는 것은 이렇게 인간의 삶에 막강한 파괴력을 촉발한다. 인류 문명의 진보와 발전은 이른바 '산업혁명'에서 시작되었다. 1·2·3차 산업혁명은 각기 전근대에서 근대로, 근대에서 현대로, 또 현대 정보화 시대의 개막을 알리는 시대적 분기점이었다. 이제 서구 선진국들은 물론 한국의 대통령부터 정치·경제의 리더들에 이르기까지 누구나 4차 산업혁명을 말하고 있다. 이는 상상을 넘어서는 과학기술의 상용화와 함께 경제성·편의성의 장점을 그 속에 담는다. 마치 4차 산업혁명에 매진하지 않거나 자칫 이에 대해 반론을 제기하면 곧 시대에 뒤떨어지는 사람이 될 형국이다. 그런데 정말 동시대의 4차 산업혁명이 백방의 효능을 가진 도깨비방망이가 될 수 있을까?

물론 이 변곡變曲의 시대에 그 장점을 체득하고 발양하는 적극성을 나무랄 수 없다. 하지만 그로 인해 예견되는 인간 소외와 일자리 상실 등의 문제는 아무도 언급하지 않는다. 4차 산업혁명의 순기능만 바라보고 그에 침윤하다가는 나중에 후회해도 소용없는 역기능이 잠복해 있음을 간과하기 쉽다. 일상적인 삶의 질이 윤택해지는 만큼 마음의 문이 더 굳게 닫힐 수 있고, 기업의 경제적 성과가 확보되는 만큼 그 시스템에 의한 비인간화가 뒤따를 수 있다. 이와 같은 물질문명의 팽배가 정신문명의 황폐를 초래할 것이라는 예고는 이미 오래전부터 문명비평학자나 미래학자들을 통해 수없이 제시되었다.

때문에 바로 이 시점에서 4차 산업혁명의 사회적 수용에 대한 각성이 반드시 필요하다. 공동체의 위험 요소는 미리 알고 대비하지 않으면 기회를 놓치기 십상이다. 마침 한 전직 농촌지역 군수가 4차 산업혁명의 폐해를 통렬히 비판하고, 이 문제를 해결하기 위한 구체적 방안을 담은 책을 출간해 화제가 되고 있다. 이학렬 전 경남 고성군수의 《대한민국의 5차 산업혁명》이 바로 그것이다. 그는 4차 산업혁명을 보완할 농·축산업 등 1차 산업의 대변신을 주장하고 여기에 '5차 산업혁명'이란 명칭을 붙였다. 필자는 이 책을 손에 들고 첫 장을 넘기자마자 때로는 무릎을 치며 또 때로는 탄식하며 앉은자리에서 끝까지 다 읽었다.

우리 국토의 80퍼센트가 농촌이고 보면 우선 그 논의의 기반에 설득력이 있다. 그의 5차 산업혁명은 미생물, 동물, 식물, 곤충, 종자, 유전자, 기능성 식품, 환경, 물 등 생명과 관련이 있는 '생명산업'을 우리 사회의 주력산업으로 성장시키자는 것이다. 대책 없이 4차 산업혁명만 주장하다가 일자리, 기회의 균등, 우리 먹거리, 경제 민주화를 모두 놓칠 수 있다는 말이다. 부의 편중과 사회 양극화의 심화가 불을 보듯 뻔한데 아무도 이를 걱정하지 않는다. 정부가 이러한 '충언'에 귀 기울이지 않고 4차 산업혁명을 그냥 밀고 나가서는 시대적 전환점의 충격에 유연히 대처하기 어려울 것이다.

교육 백년대계를
잊은 행정

잠실 학생체육관 이전 문제를 놓고 갈등을 빚고 있다. 서울시는 코엑스와 잠실운동장 일대 72만 평방미터에 '국제교류복합지구'를 조성하기로 하고 그 가운데 있는 학생체육관을 다른 곳으로 이전하려 한다. 하지만 이 체육관의 관할권을 갖고 있는 서울시교육청은 그 계획이 기존의 기능을 제대로 수용하지 못한다고 반대한다. 현재의 잠실 학생체육관은 1977년에 문을 열었다. 지하 1층 지상 3층의 실내스포츠 경기장으로 5,400석의 대규모이며, 1986년 아시안게임과 1988년 서울올림픽 때는 복싱경기를 치렀다. 평소에는 학생들을 위한 공연, 입시설명회 등이 열리며 서울 지역 초·중·고교 행사에는 무료로 사용되었다.

그런데 서울시의 계획은 학생체육관을 철거하고 그 자리에 전시·컨벤션 시설과 호텔 및 수익형 임대시설을 신축한다는 것이다. 국제교류를 목표로 대규모 건설계획을 추진하다 보면 현실적 조정이 필요하겠지만, 올림픽주경기장이나 야구장처럼 서울시 소유 시설은 모두 존치 또는 확대 이전하면서 굳이 교육시설인 학생체육관을 제일 먼저 철거하려는 일은 납득하기 어렵다. 그동안 서울시에서 제시한 대체 이전 부지인 동대문구 전농동 학교부지와 도봉구 창동 철도차량기지는, 접근성이 떨어지고 면적도 협소하여 시교육청에서 거부했다. 그리고 시교육청에서 요구한 용산구 후암동 특별계획구역은 주택 및 상가 수용 문제로 서울시에서 거부했다. 지금은 현 위치 인근으로 옮기는 논의가 있다고 한다.

결국 학생체육관 재건축이나 이전 문제는 아직 확정적이지 않고 서울시의 철거계획만 결정된 셈인데, 이 사태를 바라보는 교육계 인사들은 참담한 심정을 밝힌다. 한국 정부에 버금가는 영향력을 가진 서울시가 중요한 정책 방향을 결정하는 데 있어 '교육'에 대한 우선적인 배려를 방기하고 있는 까닭에서다. 이는 단순히 학생체육관을 철거하거나 옮겨 짓는 일에 그치지 않고, 교육이 국가의 미래이며 다음 세대의 꿈과 삶을 담보한다는 근원적 인식의 결여를 보여주는 사례다. 당장에 필요한 일용할 양식이나 직접적인 환경의 변화와 같이 눈에 보이는 것은 아니지만, 교육은 머지않아 다가올 미래에 대한 핵심적인 사안이다.

다음 세대의 교육에 대한 제도와 시설이 잘 정비되어 있는 독일의 경우, 교육환경에 대한 우선적 고려는 매우 본받을 만하다. 독일의 대학들은 등록금이 없거나 아주 적다. 21세기를

10년이나 넘기는 시기까지, 16개 주 가운데 10개 주가 아예 등록금을 받지 않았다. 2010년에 이르러 독일 정부의 재정난이 심각해지면서 '학업 기여금'이란 이름으로 등록금납부가 학기당 500유로에서 1,000유로 범위 안에서 추진되었다. 그렇다 해도 한국의 평균적인 대학 등록금에 비하면 4분의 1에 불과하다. 그로부터 3년 후 독일 니더작센 주 의회를 필두로 여러 주에서 등록금 납부를 폐지했다. 대학 교육 역시 정부가 재정을 지원해야 한다는 일반적인 인식이 강고한 결과였다.

또한 이 문제의 해결 방안에 대해 주민의 의견을 물었는데, 학생들에게 등록금을 납부하게 하는 방안과 그를 대신할 세금을 더 내는 방안을 묻는 내용이었다. 최종 의견수렴 결과는 세금을 더 내자는 쪽이었고, 그 이유는 "학생들에게 등록금을 내게 하면 등록금을 벌기 위해 아르바이트를 할 것이고 그렇게 되면 공부를 게을리할 것이며 이는 학생 개인뿐만 아니라 국가의 장래를 위해서도 바람직하지 않다"라는 논리였다. 교육환경 및 시설에 대한 배려가 이 정도는 되어야 선진국의 수준에 도달했다 할 것이다.

서울시가 밑그림을 그리고 있는 국제교류복합지구는 국제업무·마이스·스포츠·문화 중심지를 지향한다. 이 중 마이스MICE는 기업회의meeting, 포상관광incentives, 컨벤션convention, 전시exhibition의 네 분야를 통틀어 말하는 서비스 산업이다. 독일 하노버의 CeBIT나 미국 라스베이거스의 CES와 같이, 서울의 새로운 브랜드로 대형 전시시설을 만든다는 긍정적 목표를 부정하자는 것이 아니다. 그러나 기존의 컨벤션센터들도 가동률에 있어 제구실을 못하고 있는 마당에, 교육시설을 후순위로 밀어가며 이를 추진하는 것은 본말이 전도된 형국이다. 전국 14개 컨벤션센터 가운데 서울의 3곳을 제외한 11곳의 평균 가동률은 50퍼센트 미만에 불과하다. 이를 두고 서울 집중이 늘어나고 지방은 더욱 소외되는 '사회적 낭비'가 발생할 것이라는 예측이 많다.

서울시는 "학생체육관을 존치하는 것은 협상을 도저히 진행할 수 없을 경우 마지막으로 고려할 방안"이라고 했다는데, 이 판단의 기준에 있어 시교육청의 입장 확인보다 교육시설을 먼저 배려하는 발상의 전환이 필요하다. 체육관 내부를 보강하고 외형을 잘 가꾸어서 체육관의 기존 용도와 국제교류복합지구의 두 가지 기능을 더불어 활용하는 방향으로 이끌 수도 있을 것이다. 무엇보다 연간 40여 차례에 걸쳐 30만여 명의 학생이 이용하는 곳이라는 사실을 간과해서는 안 된다. 이 문제가 아니더라도 한국 교육계에는 만만찮은 난점들이 즐비하다.

우리 사회의 중산층이 무너지는 이유 중 가장 심각한 것이, 투자한 만큼의 결과를 기대할 수 없는 과도한 사교육비에 있고, 빈곤층이나 극빈층이 그 범주를 벗어나지 못하는 이유도 마찬가지다. 지난해 2월 교육부의 통계에 의하면 우리 사교육비 총 규모가 18조 2,000억 원이라고 한다. 여기에 방과 후 학교·교재·어학연수 등 기타교육비를 합산하면 23조 원이 넘고, 사교육 지하경제 규모는 97조 5,000억 원에 이른다는 또 다른 통계가 있다. 올해의 국가 총 예산 386.4조 원의 규모에 비교해 보면, 실로 놀라운 숫자다. 이러한 교육 현장의 오랜 과업에 해결책을 마련하지 못한다면, 교육입국이나 교육 백년대계와 같은 어휘는 한낫 구호에 그칠 뿐이다. 교육 문제의 개혁과 교육 현장에 대한 배려가 함께 이루어져야 한다면, 우선 잠실 학생체육관을 재검토하는 일부터 고민해 보면 어떨까.

부끄러운
부자들의 나라

한국과 홍콩은 한때 '아시아의 네 마리 작은 용四小龍'으로 불리던 네 나라에 속해 있었다. 그런 만큼 국제적 시각으로 볼 때 작지만 단단한 경제 구조를 자랑하는 공통점을 가졌다. 한국이 홍콩에 비해 땅도 넓고 인구도 많지만, 국민총생산GNP은 1만 달러의 차이로 홍콩이 더 높다. 지금의 홍콩은 중국령이지만 정치 및 경제 체제는 여전히 일국양제一國兩制를 유지하고 있다. 한 국가 안에 사회주의와 자본주의의 공존을 인정하는 것이다.

한국과 홍콩은 여러 가지 공통점과 차이점이 있지만, 한국이 도저히 따라갈 수 없는 측면이 하나 있다. 곧 부의 재분배 문제다. 홍콩의 부자들은 재산의 기부와 사회 환원에 적극적이며, 그와 같은 풍토와 더불어 주거 및 교육 등 거의 모든 면에 국가 복지제도가 시행된다. 그 선두에 홍콩의 가장 큰 부호 리카싱李嘉誠 회장이 있다. 아시아에서 최고, 세계에서도 열 손가락 안에 드는 갑부다. 그의 개인 재산은 30조 원이 넘는 것으로 알려져 있다. 세탁소 직원으로 시작해서 엄청난 부를 이룬, 자수성가의 대표적 범례에 해당한다.

그런데 그는 지금도 5만 원 이하의 값싼 구두를 신고 10만 원 이하의 양복을 입고 비행기는 꼭 이코노미석을 고집할 만큼 검소하다. 그것뿐이라면 그냥 소문난 구두쇠에 그칠 수도 있다. 하지만 그는 아시아 제일의 기부자다. 해마다 그가 내놓는 장학금은 3,000억 원이 넘는다. 그것도 회사 명의로 된 돈이 아니라 자신의 개인 재산으로 기부한다는 것이 세상의 여느 부호들과 다른 점이다. 특히 한국의 부자, 재벌들과는 확연히 다르다. 세계의 억만장자 가운데는 스스로 소박하게 살면서 천문학적 숫자의 기부를 아끼지 않는 부자들이 참 많다.

화려한 대저택이나 전용 비행기를 마다하고 검소한 삶과 공익 기부를 삶의 지침으로 하는 이들의 면모를, 미국의 경제매체 〈비즈니스 인사이더〉가 최근 구체적 실례와 함께 소개했다. 투자의 귀재로 불리는 워런 버핏은 부자가 되기 전인 1958년 3,800만 원 정도에 구입한 집에 아직도 살고 있다. 그는 자기 재산의 99퍼센트를 기부하겠다고 약속했으며, 지난해에만 3조 5,000억 원 이상의 주식을 사회에 환원했다. 페이스북 창업자이자 최고경영자인 마크 저커버그도 페이스북 지분의 99퍼센트를 기부하겠다고 밝혔다. 그의 옷장에는 회색 반소매 티셔츠 9벌과 진회색 후드티 6벌이 전부다. 겨우 3,700만 원짜리 차를 탄다.

세계에서 두 번째 부자로 알려진 패션브랜드 '자라'의 창업자, 스페인의 아만시오 오르테가 회장은 매일 구내식당에서 직원들과 함께 점심을 먹는다. 미국 케이블방송 '디시네트워크'의 찰리 어게인 회장은 매일 샌드위치 도시락이 점심이다. 검소한 만큼 나누기를 즐겨 한다면 그것은 사회적 칭송의 대상을 넘어서 하나의 인간승리다. 부를 이루기는 어렵지만, 더 어렵기는 축적된 부를 인생의 굴레로 만들지 않고 선하게 사용하며 베풀 줄 아는 자기 금도襟度를 지키는 일이다. 한국의 부자들, 그리고 재벌 기업들은 검소하지도 않거니와 기부에 인색하다.

물론 경제적 공익 개념을 앞세우고 재산을 대물림하지 않는 모범 사례도 적지 않다. 그러나 우리가 알고 있는 큰 기업들이 상속세를 줄이기 위해 온갖 편법을 동원하고, 심지어 여론에 몰렸을 때 사회에 내놓겠다고 한 환원의 약속도 지키지 않는 경우가 여럿이다. 부와 권력을 함께 가졌던 사회 지도층 역시 마찬가지다. 앞서 언급한 부호 모두가 당대에 일어선 재산가라면, 오늘날 한국의 경우는 대다수가 상속자다. 그 부는 불합리한 사회 제도 속에서 쌓아올린 경우가 많다. 제도든, 생각이든 하나는 바뀌어야 한다. 이대로는 늘 부끄러운 부자들, 늘 억울한 서민들의 나라가 될 수밖에 없다.

건전한 상식이
재난을 이긴다

프랑스 식민지 알제리 출신의 작가 알베르 카뮈는, 1957년 44세의 최연소 나이로 노벨문학상을 받았다. 수상작은 익히 알려진 《이방인》. 이 작품은 한낱 성격 파탄자의 이야기로 끝날 소설을 부조리의 철학에 관한 문학적 서사로 격상시킨다. 카뮈가 쓴 전염병을 주제로 한 재난소설 《페스트》는, 1940년대 알제리의 오랑 시市를 배경으로 페스트, 곧 흑사병의 공포와 일상적인 삶의 와해를 실감나게 그리고 있다.

소설의 중심인물은 의사 리유. 그가 사는 도시에서 갑자기 수많은 쥐들이 죽기 시작하더니 전염병이 창궐하고, 인간에 대한 신의 징벌이라는 말까지 떠돈다. 한 사회의 변혁이 외형적 강압에 영향을 받는 동안, 여러 유형의 인간 군상이 출현한다. 상황논리만 앞세우는 무능력한 시의 질병관리본부장 리처드, 신의 천형을 내세워 회개를 선동하는 신부 파늘루, 사회적 재난을 기회로 온갖 부도덕한 짓을 감행하는 범죄자 코타드 등이 소설의 등장인물이다.

오늘날 메르스의 재난을 겪고 있는 우리 사회에서 어렵지 않게 볼 수 있는 캐릭터들이다. 소설의 결미는 전염병이 잦아들고 평온을 되찾아가면서, 이들 행위의 공과功過가 명백히 밝혀지는 데까지 이른다. 소설 속에 자신의 희생을 두려워하지 않는 의사 리유가 있는 것처럼, 우리에게도 보이지 않는 곳에서 헌신을 다하는 파수꾼의 손길들이 있다. 소설에 무책임한 변명이나 선동으로 일관하는 인물과 자기 이익만 추구하는 파렴치한이 있는 것처럼, 우리 사회에도 그렇게 부정적인 세력이 공존한다.

중요한 것은 시간과의 싸움이다. 우리는 그 끝이 언제일지 모르는 이 싸움에서 '선'을 부축하고 '악'을 억압해야 하는 연대 책임을 지고 있다. 미국의 필립 로스가 쓴 소설 《네메시스》에서도, 제2차 세계대전의 종막인 1944년 미국 뉴어크를 무대로 '폴리오바이러스'의 공격을 보여준다. 버캔 캐너라는 23살의 청년이 주인공이다. 보건 당국에서는 적절한 예방조치만 강조하는데, 자책감에서 출발하여 눈앞의 사명에 몸을 던진 청년의 형편은 그렇지 않다. 이 소설들에서나 우리 현실에서나 당국과 시민의 거리는 그렇게 멀다.

인류 역사를 바꾼 전염병의 역사는, 그 발단과 결말을 곰곰이 살펴보면 전체적으로 통용되는 하나의 원리가 있다. 13세기의 한센병, 14세기의 흑사병, 15세기의 매독, 18세기의 천연

두, 19세기의 결핵 등이 모두 당대의 사회의식을 바꾸고 시민의식의 성숙을 요구했다. 달리 말하면 올바른 의식의 정립을 통해 병의 재난에 대항해야 한다는 사실을 환기한다. 《페스트》의 의사 리유, 《네메시스》의 청년 버캔 캐너가 그 표본이다. 우리 사회가 이들의 정신을 일상 가운데 충실하게 받아들일 때, 어떤 전염병이든 축출될 것이다.

나폴레옹의 여러 전쟁에 종군한 앙투안 장 그로라는 화가가 있다. 종군 화가인 만큼 전장戰場을 주로 그렸고, 전장의 나폴레옹을 젊고 낭만적인 모습으로 묘사했다. 그의 그림 중에 〈자파의 페스트 격리소를 방문한 나폴레옹〉이란 작품이 있다. 그림은 나폴레옹이 상체를 벗고 있는 환자에게 손을 내밀어 위로하는 장면을 담았다. 그 뒤의 부관은 수건으로 입을 가리고 있다. 여기서 나폴레옹은 죽음도 두려워하지 않고 병사를 돌보는 영웅적 지휘관이다.

이 그림은 지금 루브르 박물관에 걸려 있다. 그러나 실제로 나폴레옹은, 전염병에 걸린 병사들에게 스스로 독약을 먹고 죽으라 명했다고 한다. 어쩌면 이처럼 표리부동한 삶의 방식이 결국 황제에서 범죄자로 추락하는 그의 비극적 운명을 재촉하지 않았을까. 오랜 역사 경험을 통해서, 그리고 우리 현실에서 여전히 목도하는 바와 같이, 전염병과 재난을 이기는 힘은 우리 사회 내부에 있다.

노블레스 오블리주를
상실한 시대

해방 직후인 1945년 11월, 20대 중반의 한 젊은이가 인천에서 부두 하역을 하는 조그마한 회사를 설립했다. 한진상사였다. 몇 년 뒤에 6·25동란이 발발하고 이 회사의 화물차 15대가 군수물자로 차출되자 파산지경이 되었다. 그가 회사를 일으켜 세울 수 있었던 것은 주한 미군부대에서 버리는 폐 트럭을 얻어 이를 되살려 쓰면서부터였다. 그런데 그 배경에 다음과 같은 이야기가 있다.

이 젊은 사장은 낡은 트럭 한 대를 끌고 미국 군영 내 청소를 하청받아 일했다. 트럭에 물품을 싣고 인천에서 서울로 가는 길에, 한 외국 여성이 길가에 차를 세워놓고 난처한 표정으로 서 있는 것을 보았다. 차가 고장이었다. 그는 무려 1시간 반 동안이나 고생해서 차를 고쳐 주었다. 외국 여성이 고마워하며 상당한 액수의 돈을 건넸으나 받지 않았다. "우리나라 사람은 이정도 친절은 베풀고 삽니다." 그의 말이었다. 외국 여성은 주소라도 알려달라고 했다.

　얼마 후에 그 여성이 남편과 함께 찾아왔다. 남편은 미8군 사령관이었다. 남편 역시 그에게 돈을 건네려 했지만 거절했다. "명분 없는 돈은 받지 않습니다." 당연히 이런 질문이 돌아왔다. "명분 있게 도와주는 방법이 무엇입니까?" 젊은 사장의 대답은 이랬다. "나는 운수업을 합니다. 미8군에서 나오는 폐차를 내게 주면, 그것을 수리해서 사업을 하겠습니다." 사령관으로서 그것은 일도 아니었고 특혜도 아니었다. 그렇게 시작된 기업이 한진그룹이고, 이 이야기는 한진그룹의 창업자 조중훈 회장의 실화다.

　조 회장의 경영철학은 "사람을 소중하게 생각한다"라는 것이었고 그것의 실천이 현대사의 여러 역경을 헤치고 기업의 성공을 불렀다. 조 회장의 성실한 사람됨을 눈여겨본 박정희 대통령이 1969년 적자투성이인 '대한항공공사'를 그에게 넘겨주었다. 그것이 오늘의 대한항공 전신이다. 그의 아들이자 지금 한진그룹의 회장인 조양호 씨는 미국 남캘리포니아대USC에서 경영학을 공부했고, 손녀인 조현아 씨 또한 음대를 거쳐 아버지와 같은 대학에서 경영학을 배웠다. 하지만 거기에 땀과 기름으로 얼룩진 가운데 창업자가 체득했던 경영철학은 없었던 모양이다.

　이른바 '땅콩회항' 사건의 조현아 씨는 징역 3년을 구형받

왔다. 궂은 일은커녕 손끝에 물 한 방울도 묻히지 않고 살았을 당사자에게 엄청난 충격일 것이나, 한진그룹의 실상은 훨씬 더 어렵다. 국토교통부의 과징금, 주가폭락으로 인한 수천억 원 손해에 경복궁 인근 2,000억 원짜리 7성급 호텔 추진도 기약하기 힘들고 국내외에 걸친 신인도信認度 추락은 계산조차 쉽지 않다. 사태가 이렇게 악화될 줄은 그 누구도 상상하지 못했으나, 그 원인이 어디에 있는가는 누구나 안다. 창업자가 가졌던 인본적 경영 정신이 후대에 이어지지 못한 것이다.

재물을 물려주고 그것을 감당하는 정신, 곧 '부자정신'을 물려주지 못했을 때 발생하는 비극의 사례는 인류사에 지천으로 널려 있다. 이와 같은 비정한 인과의 법칙을 넘어서, 한 가문에서 하나의 제도로 이를 확립한 범례가 우리 역사 속에 있다. 바로 경주 최부자집의 '노블레스 오블리주' 교훈이다. 자그마치 12대 300년 동안 만석꾼을 유지했던 이 집안에는 다음과 같은 여섯 가지 가훈이 있다. "과거를 보되 진사 이상은 하지 마라. 재산은 1만 석 이상 지니지 마라. 과객을 후하게 대접하라. 흉년기에는 땅을 사지 마라. 며느리들은 시집 온 후 3년 동안 무명옷을 입어라. 사방 100리 안에 굶어죽는 사람이 없게 하라."

1971년 세상을 떠나면서 자신의 모든 재산을 사회에 환원한 유한양행 설립자 유일한 씨는 지금도 세상 사람들의 존경을 받고 있다. 대한항공 오너 일가의 패착을 거울 삼아 가진 자의 어떤 정신이 가치 있고 보람 있는 내일을 약속하는지, 깊은 눈으로 되돌아볼 때다.

난국 앞의 지혜로운 리더

5

문학의 힘을 키우는 일은

400년을 가로지르는 혁신적인 글쓰기

낮은 곳으로 먼저 내려가라

역사를 읽지 않는 나라, 미래는 없다

낮고 겸손한 마음으로

존경받는 정치가가 있는 나라

우리는 여전히 '북핵'에 위험하다

'일본군 성노예' 문제를 기억하라

한국 정치, 유머 감각을 배워라

역사의 거울, 광복 70년

옛 시에서 새 길을 찾다

문학의 힘을
키우는 일은

중국 호남성 장사에서 열린 제14차 아시아아동문학대회에 한국 대표의 자격으로 다녀온 것은, 필자가 한국아동문학연구센터의 소장을 맡고 있기 때문이었다. 이 연구센터는 2020년에 있을 세계아동문학대회의 준비에 들어갔다. 중국을 다녀온 지 두 달가량이 지나 그 기억이 희미해질 무렵인데, 얼마 남지 않은 세계대회 준비와 더불어 호남성에서 보낸 한 주간의 일들이 다시 생생하게 되살아났다. 장사는 나관중이 쓴 《삼국지연의》에서 황충, 위연, 관우 등의 영웅호걸이 충돌하는 격전의 현장이었다. 그러나 지금은 그 역사적 인물들을 찾을 길 없고, 거주 인구와 지역의 외연이 확장된 거대 지방도시일 뿐이었다.

그러나 육로로 2시간 정도 거리에 있는 악양은 그 풍광과 흥취가 매우 달랐다. 우선 거기에는 중국 역사 전반을 관통하는 시문詩文의 명승 악양루가 있고, 시선詩仙 이백과 시성詩聖 두보를 비롯한 역대의 문필들이 악양루에 올라 절창의 시를 남겼다.

역사 과정 속에 소실된 악양루는 중건되어, 황금색 지붕을 자랑하는 3층 건물로 높이 서 있다. 지금 악양루에는 두보의 5언율시 〈등 登 악양루〉를 모택동의 글씨로 각자한 현판이 걸려 있다.

지난날 동정호의 명성을 들었는데昔聞洞庭水

오늘에야 비로소 악양루에 올랐다今上岳陽樓

오나라와 촉나라는 동남으로 나뉘어 있고嗚楚東南坼

하늘과 땅이 밤낮으로 그 물 위에 떠 있네乾坤日夜浮

친한 친구로부터는 한 자 소식도 없고親朋無一字

늙고 병든 나는 외로운 배에 몸을 두었네老病有孤舟

관산 북쪽 중원 땅은 아직도 전쟁이라는데戎馬關山北

난간에 기대서니 그저 눈물만 흐른다憑軒涕泗流

　일생을 객지로 떠돌며 전란을 겪고 고향과 가족을 그리워하던 방랑시인 두보가, 악양루에서 동정호를 바라보며 외로움에 눈물짓는 내용이다. 이 시가 말하듯 악양루는 동정호의 전망이 장대하게 펼쳐진 호반에 자리하고 있다. 동정호는 서울의 여섯 배 크기로 중국에서 두 번째로 큰 담수호다. 장강長江이라 불리는 양자강의 남쪽 유역이고 모두 네 개의 수로를 통해 강과 연결되어 있다. 3-4세기 중국 삼국시대에 동오의 손권과 촉한의 유비가 이마를 맞대고 세를 다투던 각축전의 현장이다. 그런 만큼 전설처럼 전해오는 사연도 많다. 동정호 한가운데 있는 섬이 저 유명한 군산도다. 군산도에는 요순시대 순임금의 두 부인 아황과 여영의 유적이 오랜 세월의 풍화작용을 견딘 채 보존되어 있다.

동정호는 우리 옛 고전문학 작품에도 여기저기 등장한다. 서포 김만중이 쓴 《사씨남정기》에 남행한 사씨가 동정호의 두 왕후를 현몽으로 만나 위로와 격려를 받는 장면이 있는가 하면, 《춘향전》 완판 84장본 춘향의 옥중 꿈 장면에 두 왕후가 나타나기도 한다. 호남성에 있는 지역 가운데 우리 고전 시문에 자주 보이는 반굴원의 멱라수가 있는 멱라는 관광객은커녕 중국 사람들도 잘 가지 않는 곳이다. 동정호에 비하면 관광지로서는 천양지차의 면모를 보인다. 하지만 우리 일행은 굳이 그 굴원의 유적지를 찾아갔다. 눈으로만 보는 탐사가 아니라 마음으로 보는 현장학습을 소중히 여긴 까닭에서였다. 굴원은 중국 역사에서 결백과 충절의 한 표본이다.

그러고 보니 10여 년 전 우리 대학의 학생들과 함께 독일 학습 여행을 갔다가, 그야말로 아무도 가지 않는 헤센 주의 소도시 베츨라Wetzlar로 향했던 기억이 났다. 이는 세상에 많이 알려진 도시도 아니고, 특히 한국인은 거의 방문자가 없다고 해야 맞을 것이다. 그러나 베츨라는 구시가지가 잘 보호되어 있는, 아름답고 유서 깊은 곳이다. 결정적으로는 이 도시가 《젊은 베르테르의 슬픔》의 무대라는 점이다. 독일이 자랑하는 문호 괴테는 이곳을 배경으로 그 세계적 명작을 썼으며, 여주인공 롯데의 모델인 샤롯데의 고향이기도 했다. 우리 일행은 애써서 샤롯데가 살았다는 집을 찾아가, 안에는 들어가 보지 못하고 한동안 밖에서 지켜보다가 돌아왔다. 지금 그 집은 박물관으로 쓰이고 있다 한다.

한 지역 또는 지방도시가 그 도시의 유적 또는 산물을 통해 관광객을 모으는 데는 두 가지 방법이 있다. 하나는 사람들이 많이 모일 수 있는 테마를 개발하고 그 환경을 조성하여 지역의 경제적 부가가치 증진에 기여할 수 있는 길을 확장하는 것이다. 이는 지역 주민의 외형적 삶을 향상시키는 데 목표를 두어야 한다. 그런데 그것만으로는 안 된다. 시대의 변화에 따라 수요가 변할 수 있고 현행 가치가 물거품처럼 꺼져버릴 수도 있기 때문이다. 그래서 역사적이고 전통적이며 오랜 생명력을 유지할 수 있는 문화적 가치를 함께 병행하여 추구해야 한다. 이는 지역민의 정신적 자긍심을 부양하는 일과도 관계가 있다. 악양루와 동정호, 반굴원과 베츨라를 이 자리에서 함께 거론한 이유가 거기에 있다.

400년을 가로지르는 혁신적인 글쓰기

지난해에 탄생 100주년을 맞은 문인 가운데는 김경린, 박남수, 오장환, 황금찬 등의 시인과 박연희, 조흔파, 한무숙 등의 소설가가 있다. 국내에서는 이들을 기리는 문학 및 학술 모임이 시선을 끌었다. 그런가 하면 다산 정약용의 유배 해제 200주년이자 《목민심서》 저술 200주년이어서, 실학박물관이 있는 남양주시에서 '정약용의 해'로 선포하고 여러 가지 행사를 진행하고 있다. 또한 한국 역사를 거슬러 올라가면 허균 사망 400주기가 되는 해가 바로 지난해다. 그러고 보면 2018년은 참으로 많은 역사적 의미가 중첩되는 해였다.

허균이 쓴 《홍길동전》은 한국인 모두가 알고 있는 이른바 '국민고전'이다. 서자차별의 가족제도 문제에서 탐관오리를 징치懲治하는 사회개혁 문제로, 다시 해외에 새 나라를 세우는 국경확장 문제로 그 담론의 영역을 넓힌 전대미문의 소설이다. 한 외로운 선각자의 혁명적 이상주의는 당대 현실의 철벽 앞에서 허망하게 스러지고 그 자신도 처참한 형벌로 생애를 마감했지만 그가 주창했던 '혁신'의 꿈은 4세기가 흐른 오늘에 있어서도 여전히 빛나는 모범이다. 허균이 형상화한 인물 '홍길동'은 도술에 의지해 가족·사회·해외에서의 모든 성취를 이루었다. 이는 그러한 일들이 당대에 현실적으로는 불가능했다는 반증과 다르지 않다.

심지어 그 문제의식에 있어서도 허점이 쉽게 보인다. 홍길동이 처첩제도와 서자차별에 이의를 제기하기로 했다면, 그가 율도국에 세운 새 나라의 왕이 돼서는 일부일처제를 고수해야 했다. 그러나 홍길동 왕은 백룡의 딸과 조철의 딸을 모두 왕비로 맞아들인다. 조선이라는 국가체제에 반기를 들기로 했으면 율도국은 그와는 무엇인가 다른 모형을 유지해야 했으나, 양자 간에 차이가 없고 율도국은 마침내 조선에 조공을 바치기로 한다. 이렇게 초월적인 힘을 동원하고서도 조선의 제도와 체제를 씻어내지 못한 것은, 오늘의 시각으로 바라볼 때 불합리해 보이지만 그 당대로서는 한 걸음 한 걸음이 모두 목숨을 걸어야 하는 일이었다.

고전문학에 나타난 이러한 '불합리성'은 여러 곳에서 발견된다. 예컨대 완판본 《춘향전》에서 3월의 답청놀이를 나간 이몽룡이 5월 단오에 그네 뛰는 춘향을 만나 그날로 사랑에 빠진다. 춘향전은 여러 창작자의 손길을 거쳐 당대 민초들의 소망을 담다 보니 사실성의 균열 문제가 있지만, 어느 누구도 이를 결정적인 흠결로 여기지 않는다. 그러나 《홍길동전》의 불합리가 유독 드러나 보이는 것은, 허균이라는 구체적 작자의 창작물이기 때문이다. 이를테면 그가 축조한 유토피아에 대한 아쉬움과 안타까움의 표현인 셈이다. 이 선각자의 고독한 운명을 두고 한 평론가는 '비쩍 마른 유토피아'란 호명을 부여했으나, 그것이 일방적 비난일 리 없다.

허균으로부터 한 세기가 경과한 다음에 나온 작품으로, 유토피아 의식에 있어 《홍길동전》에 비견할 만한 것이 연암 박지원의 《허생전》이다. 《홍길동전》은 국문이지만 《허생전》은 한문으로 돼있다. 그런데 《허생전》에는 소위 도술과 같은 초월적인 힘의 개입이 없고 현실에서 일어날 수 있는 사건의 연속으로 구성되어 있다. 서두에서 허생이 행한 매점매석이나 말미에 북벌의 허구성을 통렬히 비판한 '세 가지 어려운 일'에 대한 일화가 모두 당대에 실현 가능한 담론이었다. 허균은 그 사상이 혼자의 것이었으나 박지원은 당시의 시대적 사조였던 실학사상, 즉 경세치용·이용후생·실사구시를 추구하던 실학파의 일원이었기에 그와 같은 글쓰기가 가능했다.

그렇게 본다면 우리는 허균이 가졌던 그 위태롭고 혁명적인 문제의식에 최상의 수식어를 달아 경의를 표하는 것이 마땅하다. 그의 《홍길동전》으로부터 400년이 지나서야 비로소 공동체적 세상의 설득력 있는 유토피아 소설이 나왔으니, 그것이 곧 황석영의 《장길산》이다. 엄중하게 말하면 홍길동 없이는 《장길산》이 있기 어렵다는 뜻이다. 허균이 지녔던, 그리고 사회 변혁의 방식으로 창안했던 진취적 사상은 4세기가 경과한 오늘에도 여전히 우리를 목마르게 한다. 그의 400주기를 먼 역사의 건너편에서 옷깃을 여미며 되돌아보는 이유다.

낮은 곳으로
먼저 내려가라

추위가 유난히 매섭다. 예년보다 낮은 기온 때문이기도 하겠으나 더 춥기로는 마음의 온기를 살려내기가 힘들어서일 터이다. 오늘은 많은 사람들이 즐거워하는 축일, 크리스마스의 이브다. 인류 역사의 한 전환점이 된 예수 그리스도의 탄생은 지금 우리에게 어떤 의미일까? 그 진정한 가치를 발견할 수 있다면, 이깟 추위쯤이야 쉽게 넘어설 수 있지 않을까?

성경이 기록한 메시아 예수는 온 세상의 가장 낮은 곳에서 탄생했다. 유대 베들레헴의 한 마구간, 말구유가 그 역사적인 자리다. 이는 곧 예수가 겸손한 섬김의 가르침으로 공생애를 일관할 것임을 예언한다. 겸손이 없는 기독교는 온전한 기독교가 아니다. 중세 서구의 종교 지도자들은 이 덕목을 잃어버렸고, 마침내 종교개혁의 거센 물결을 감당해야 했다.

동시에 예수의 탄생은, 베들레헴 땅 두 살 아래 모든 영유아의 죽음이라는 무고한 희생을 불러왔다. 유대의 분봉왕 헤롯은 어린 사내아이 모두를 죽임으로써 예수의 등장을 막으려 했다. 하룻밤 사이에 아이를 잃은 부모들의 통곡 속에 기독교의 새로운 역사가 시작되었다면, 그 희생에 담긴 처절하고 눈물겨운 정신이 무엇인가를 되새겨 보아야 마땅하다.

크리스마스는 성탄 트리에 오색영롱한 불을 밝히고 선물을 나누는 축제이기도 하다. 그러나 그 '영광과 평화'의 상징 뒤에 숨어 있는 '겸손과 희생'의 함의를 잊어서는 안 된다. 대가를 지불하지 않고서 축하의 의식만을 앞세운 크리스마스는 무의미하다.

지금으로부터 36년 전인 1983년, 소련 사할린 상공에서 격추되어 탑승자 269명 전원이 사망한 칼KAL 007기 사건이 있다. 상황 자체가 추상화되어 처음에는 애도조차 어느 방향으로 해야 할지 가늠하기 어려웠다.

올해 7월에 발간된 김진명의 소설《예언》은 이 사건에 기발한 상상력으로 접근했다. 뿐만 아니라 어떤 기관이나 언론에서도 명확하게 제시하지 못했던 답안을 소설로 도출했다. 현실에서나 소설에서나 중요한 귀결은 꼭 같았다. 이들의 죽음이 아무런 이름도 없고 빛도 없는, 그저 무의미한 희생으로 그치지 않았다는 사실이었다.

민간 항공기 격추 사건으로 전 세계의 비난에 직면한 소련 당국은, 강경파의 실각과 함께 개혁과 개방의 길을 갈 수밖에 없었다. 고르바초프의 새로운 사고와 정치적 변화 또한 이 바탕 위에서 가능했으며, 마침내 소비에트 연방의 해체라는 상상할 수도 없었던 격변을 가져오게 되었던 것이다. 분통하기 그지없는 수백 명의 죄 없는 죽음은 결국 엄청난 힘으로 인류사의 물줄기를 바꾸어 놓았다.

그러기에 하는 말이다. 이렇게 살갗이 시리고 마음까지 허탄한 시기에, 무고한 희생을 생각하며 겸손의 미덕을 되새겨 보아야 한다. 자기만 옳다고 주장하는 국가 지도자들의 당리당략 때문에 온 나라가 우울하기 이를 데 없다. 말구유의 겸손과 어린 생명들의 희생을 환기해보자. 미국이나 중국과 같은 열강의 영향력 아래 굴욕적인 외교 관계를 지속해야 하는 엄혹한 상황인데도, 국민적 합일이나 단합을 이끄는 시도조차 없다. 이것이 과연 중세 종교 지도자들의 모습과 무엇이 다를까?

베트남은 중국에 비해 국력의 거의 모든 부문에서 열악하지만 그 협소한 조건으로도 전혀 물러서지 않는다. 거기에는 국민의 마음을 얻은 지도자들, 탄탄한 내부의 단합이 뒷받침되어 있다. 이스라엘은 국내 정치에 있어 여야로 나뉘어 시비가 그치지 않으나 대외적 쟁점에 있어서만큼은 언제나 한목소리를 낸다. 국가의 생존이 우선이라는 인식이 확고한 까닭에서다. 이 나라들에는 쟁론의 당사자가 대국적 차원에서 자기 자리를 깊이 성찰하는 겸손이 있다.

정부와 여당은 정권의 권익을 누리기에 앞서 이를 진정으로 국민에게 돌려줄 방안을 찾아야 하고, 그런 점에서 자기편을 설득하는 국량이 필요하다. 야당도 반대를 위한 반대는 과감히 버려야 한다. 푸른 잔디가 깔린 언덕 위에서 여유 있는 손짓으로 상대방을 올라오라 부르지 마라. 다른 생각과 어려운 형편을 가진 낮은 자의 곁으로 먼저 내려가라. 성탄의 희생을 묵상하며 겸손을 실천하는 자, 또 다른 크리스마스를 잊지 않는 자에게 복이 있을진저!

역사를 읽지 않는 나라,
미래는 없다

사색四色은 원래 네 가지 색깔이란 뜻이지만 우리 역사에서는 조선시대에 있었던 네 개의 붕당朋黨을 가리키는 말로 쓰인다. 처음에는 사방 방위에 따라 동인·서인·남인·북인을 지칭하는 것이었으나 서인이 노론과 소론으로 나누어진 뒤에는 노론·소론·남인·북인의 4대 당파를 의미하게 되었다. 선조 8년(1575년)에 시작되어 조선조의 남은 기간을 관통한 이 집단 쟁투는 흔히 조선을 망친 폐단으로 인식되고 있다. 뿐만 아니라 오늘날에도 도를 넘는 쟁론을 두고 조선시대 당파 싸움의 유전적 형질을 벗어나지 못했기 때문이라고 비판한다. 표면적으로 유학의 정론주의를 앞세우고 실상에 있어서는 집단의 이익을 추구한 이 이전투구泥田鬪狗는 후세의 사필로부터 비난받아 마땅하다.

조선의 당쟁에 대한 엄중한 시각을 바탕으로 많은 연구서들이 나와 있다. 구한말 한학자 이건창의 《당의통략》에서부터 이성무의 《조선시대 당쟁사》, 이덕일의 《송시열과 그들의 나라》, 이한우의 《조선의 숨은 왕》 등 여러 저술이 금방 눈에 들어온다. 이 가운데 '300년 당쟁의 뿌리를 추적해 대한민국의 오늘을 읽는다'라는 부제를 달고 있는 《조선의 숨은 왕》은 명종과 선조대의 사서를 바탕으로 픽션을 부가한 독특한 형식의 역사서다. 신권정치와 왕권정치의 충돌이 당쟁의 시작이라는 새로운 관점도 개재해 있다. 이때의 '숨은 왕'이란 역사상의 인물이 아니라 그 역사를 추동한 정치 형식의 이름인 셈이다. 당쟁으로 침윤한 정치가 기실은 국가를 다스리는 왕 노릇을 해왔다는 자조적 어법이다.

임진왜란 이전에 일본의 정세를 파악하러 간 통신사 황윤길과 김성일이 서로 다른 보고를 하는 바람에 대비의 기회조차 붙들지 못했다는 것이 당파 싸움의 폐해로 거론되는 대표적인 사례다. 한국인의 분열주의 의식과 역사적 고비마다 등장하는 국론분열 사태는 조선시대 당쟁에 그 뿌리를 두고 있다는 주장이 광범위하게 확산되어 있다. 이것은 어쩌면 과거에 있었던 민족적 환부에서 오늘의 부정적 현실을 도출하는 이른바 '자학적 역사관'일 수 있다. 이러한 해석의 방식은 그것대로 명료한 시각을 자랑할 수 있을지 모르나 거기서 오늘의 질곡을 넘어 내일의 지평을 열어가지 못한다. 역사를 보는 부정적 인식만으로는 현실을 바꿀 수 없기 때문이다.

이 역사성의 미묘한 논리를 기민하게 알아차린 일제강점기

식민 통치자들은 끊임없이 조선의 역사를 비하하고 당쟁을 원흉으로 몰았다. 조선을 이씨 성 가진 한 가문의 나라라고 치부하기 위하여 이씨조선 곧 이조李朝라는 말을 썼고, '이조실록'이나 '이조백자'와 같은 말이 공공의 언어가 되었다. 조선 사람들은 무리만 지면 싸우기 때문에 사색당쟁이 생겼고 국론을 통일할 능력이 없기 때문에 일본에 의존해야 한다는 주장을 공공연히 내세웠다. 이것이 바로 '식민사관'인데 일본인 학자와 교육자가 조선인 제자에게 가르치고 그것이 다시 그대로 우리 교육현장에 도입되는 악순환을 반복해온 것이다. 더 중요한 사실은 참으로 오랜 기간 그 식민사관의 음흉한 계략을 제대로 지각하지 못했다는 데 있다.

세계 어느 나라를 막론하고 정파 간의 싸움이 없는 나라는 없다. 일본 그 스스로도 '사무라이' 시대를 거쳐 오랜 당파 싸움의 혈전을 겪었으며 근대 민주주의의 시발점인 유럽이나 민주주의가 가장 발달했다는 미국도 이 싸움에서 자유롭지 못했다. 굳이 조선의 당쟁을 망국의 원인이라고 못 박을 수는 없는 형국이다. 정치가 정쟁 없이 평온하기만 하다면 이는 봉건시대의 전제 군주국가이거나 북한과 같이 강고한 일당 독재체제라는 말이 된다. 정쟁 그 자체가 위험한 것이 아니라 그 과정에 공동체의 내일을 위한 인식과 상대방을 동반자로 수긍하는 포용력을 잃었을 때가 문제다. 이 보편적 규범을 지키면 서로 다른 정파

간의 경쟁과 견제는 오히려 긍정적 효력을 산출할 것이다.

오늘날 한국 정치권은 사색당쟁의 성립 및 분화 과정과 매우 유사하게 서로 간의 이합집산을 거쳐 사당으로 재편되었다. 역사는 반복되는 것이라는 옛말에 그름이 없다면, 과거의 역사에서 교훈을 얻지 못하는 민족에게 미래가 없다는 옛말도 새겨들어야 옳다. 사색당쟁에서 얻은 뼈아픈 역사의 가르침을 타산지석으로 삼아야 할 이유다. 대선 주자에서부터 평범한 장삼이사張三李四에 이르기까지, 이 역사 반영론에 이의를 제기할 수는 없다. 지금의 사당이 과거 사색의 전철을 밟지 않고 그것을 반면교사로 하여 발전적인 역사의 단계를 열어가자면 반드시 명념銘念해야 할 기준들이 있다.

우선은 경쟁상대를 적이 아니라 나라 발전을 추구하는 동반자로 생각해야 한다. 이 인식이 분명하면 무분별한 모욕적 언사나 인신공격이 사라진다. 한 사회의 지도자는 모름지기 그러해야 자격이 있다. 동양의 군자도君子道나 서양의 신사도紳士道가 이에서 크게 다르지 않다. 또한 배려와 관용의 정신이 없는 지도자는 얼음 칼과 같아서, 나중에 녹아 없어질 흉기로 '사람'을 상하게 한다. 그리고 그 사람은 '국민'이라는 것을 명심해야 한다.

낮고 겸손한
마음으로

해마다 연말이 되면 크리스마스가 돌아온다. 예수의 탄생을 기리는 축제가 동서양에 걸쳐 명절로 자리를 잡았고, 기독교인이건 그렇지 않건 간에 성탄의 의미를 반추하게 된다. 예수의 탄생 연도와 날짜는 정확하게 알려져 있지 않다. 5세기 초에 이르러 로마의 황제 유스티니아누스가 그 탄생일에 대한 여러 가설을 칙령으로 폐기하고 12월 25일로 단일화하여 확정지었다. Christmas를 X-mas라고 하는 것은 그리스도라는 말의 희랍어 첫 글자인 X에 중세에 사용하던 영어의 고어 messe(미사)를 덧붙인 것이다. 곧 가장 큰 축제인 성탄절에 예배를 드린다는 뜻에서 유래되었다. 지금은 예수의 탄생을 기원으로 하는 서기 원력을 전 세계에서 사용한다.

예수의 등장은 가난하고 병든 자, 억눌린 자들을 위한 기쁨의 복음이었다. 이 뜻을 잘 전하는 일을 한 사람이 산타클로스로, 그의 이름은 라틴어로 상투스 니콜라우스였다. AD 270년

경 소아시아 지방 리키아의 파타라시에서 태어난 그는, 깊은 자선심으로 고아와 과부와 가난한 이들을 돌봤다. 그는 후에 미라 지방의 대주교가 되었고, 가톨릭교회에서는 그를 성인으로 공경한다. 오늘날 크리스마스를 기다리는 어린이들에게 소중한 꿈이 되는 산타클로스라는 이름의 유래다. 이렇듯 크리스마스는 단순히 뜻깊은 축제의 날에 그치지 않고, 약하고 어려운 이웃을 돕는 사랑의 정신, 박애주의博愛主義의 구현에 그 바탕을 두고 있다.

이는 곧 다른 사람을 위하여 헌신하는 자기희생을 말하는 것이기도 하다. 성경에서도 성탄은 무고한 희생과 더불어 시작된다. 메시아의 출현을 두려워한 분봉왕 헤롯은 베들레헴의 2세 이하 영유아를 모두 학살하고, 예수는 아이를 잃은 어머니들의 통곡 속에서 태어난다. 온 세상 사람들의 죄를 사하고 영혼을 구원한다는 엄청난 사명의 뒤편에, 그 사명의 성취를 부양하는 말 못할 희생이 숨어 있었다. 그러기에 예수는 이스라엘 민족이 기다리던 영예로운 자리가 아니라, 태어날 곳이 없어 말구유를 빌려야 하는 비천한 자리에서 탄생한 것이다.

이처럼 크리스마스는 복음을 기뻐하는 축일祝日이면서 동시에 가장 큰 슬픔을 기억해야 하는 기일忌日이다. 먹고 마시며 즐거워하는 절기로서가 아니라, 낮고 겸손한 마음으로 먼저 손을 내밀어 돕고 베풀어야 할 것이 무엇인가를 찾는 절기로, 사려 깊고 올곧게 크리스마스를 맞아야 하는 이유다. 비단 종교의 차원에서만이 아니다. 인류 역사의 도처에는 큰 역사적 성과가 있는 곳에 언제나 그와 같은 희생이 뒤따랐다.

프랑스 대혁명으로 상징되는 서구 민주주의, 그리고 4·19 의거로 시발을 알린 한국 민주주의의 성립 과정에 얼마나 많은 시민이 희생되었는가를 살펴보면, 이는 너무도 자명한 일이다.

뿐만 아니라 인류 예술사에 이름을 남긴 예술가의 생애에 는, 그 뒤안길에 남모르는 아픔과 슬픔이 잠복해 있는 경우가 다반사이다. 베토벤의 선율에서, 고흐의 화폭에서, 두보의 방랑 시편에서, 우리는 그들이 고통스러운 삶을 대가로 거두어들인 예술적 수확을 만난다. 《모비딕》을 쓴 허먼 멜빌은 한 세기가 지나서야 그 작품이 세계적인 고전이 되었지만 생전의 삶은 가난하고 외로웠다. 《폭풍의 언덕》을 쓴 에밀리 브론테의 사정도 그와 다르지 않아서, 지금은 불후의 명작이 된 그 작품의 혹평들을 당대에 직접 감당해야 했다. 자신만이 축조할 수 있는 예술 세계를 위해 모든 일상적 가치를 도외시한 예술가의 생애, 그러한 자기희생의 예술혼이 없었더라면 21세기의 인류 예술사는 얼마나 빈곤한 것이 되었을지 모른다.

6·25동란 시기를 다룬 재미 한인 작가 김은국의 소설 《순교자》는 전쟁 중 목회자의 순교 문제를 군 정보당국의 조사를 통해 검증하는 이야기다. 공산군의 총구 앞에서 신앙 양심을 배

신하고 살아남은 신 목사와 끝까지 순교를 실천한 12명의 목사들이 있다. 하지만 사실은 이와 다르다. 총을 겨눈 자들은 순교를 각오한 신 목사만 자격이 있다고 살려주고, 신앙을 버린 12명의 목사를 사살했던 것이다. 신 목사는 이를 숨기고 스스로 배신자의 너울을 둘러쓴 채 산다. 전쟁과 죽음 앞에 선 인간의 실존, 그리고 한 사람이 지켜야 할 인간적 위의威儀를 탁월하게 형상화함으로써 미국 주류문학에서도 인정받는 작품이다. 비록 소설의 담론이지만 신 목사의 자기희생은 그야말로 깊이 되새겨 볼 만한 철학적 명제다.

항일 애국지사 가운데 우국충정을 두고 말하자면 누구나 백범 김구 선생을 떠올린다. 선생은 어린 시절부터 그 곤고한 길을 걸었다. 초대 대통령 우남 이승만 박사 또한 항일 저항운동에 젊은 날부터 몸을 던졌다. 그러나 두 사람의 마지막은 전혀 달랐다. 우남은 건국 대통령으로 권력의 첨단에 섰지만 불행한 하야와 망명을 선택해야 했고, 백범은 암살로 불우하게 생애를 마쳤으나 오늘에 이르도록 많은 사람의 존경을 받고 있다. 혹자는 백범의 퇴장이 '방법을 갖지 못한 정치가'의 비극이라고 평가했지만, 오늘날 한국의 정치력 또한 백범과 같은 선진들의 희생을 딛고 일어선 것이 아닐 수 없다. 백범白凡이라는 호는 백정과 범부凡夫의 첫 글자를 따온 것이니, 선생은 그렇게 스스로 낮은 자리를 찾았다.

우리 역사에서 가장 백성을 사랑한 군왕의 통치 기간은 조선조 세종대왕의 시대로 알려져 있다. 그런데 이 세종의 치세를 열기 위해 그 부왕 태종은, 모든 악업을 자신이 지고 가겠다며 아들에게 장벽이 될 만한 신하를 모두 제거했다. 심지어 세종의 장인인 영의정 심온도 그와 같은 사유로 무고를 받아 사사賜死되었다. 태종 말년의 악심惡心에서조차 차기를 위해 자기 이름을 희생하는 심계心計가 있었던 터이다. 이처럼 희생의 길에 대한 국량局量과 자신을 버리는 결단은, 낮고 겸손한 마음을 가진 자만이 할 수 있다. 그래서 크리스마스의 예수가 말구유, 곧 말죽통에서 났던 것이다. 나라가 어려울수록 국익 차원의 큰 틀을 생각하고, 정략적 계산이나 각자도생各自圖生의 태도를 버려야 한다.

존경받는
정치가가 있는 나라

우리 현대사는 존경할 만한 인물 만들기에 실패한 역사다. 우리의 아이들에게 존경하는 인물을 손꼽으라고 하면, 신문 지상이나 텔레비전 화면에서 본 인물 가운데서는 답을 찾지 못한다. 결국 조선시대로 거슬러 올라가 세종대왕이나 이순신 장군에 이르기까지 먼 옛날을 탐색해야 한다. 쉬운 예로 역대 대통령 가운데서 결정적인 흠결이 없이 민족을 사랑하고 국가에 기여한 인물을 찾아낼 수 있을까. 없다. 존경은커녕 대다수가 퇴임 후 감옥에 갔거나 갈 만한 형편을 벗어나지 못했다. 국민의 간절한 희망에 부응할 수 있는 지도자, 동시대의 '영웅'을 배출하지 못하는 현실은 우울하고 슬프다.

일제강점기로부터의 광복 70년을 갓 넘긴 2016년, 우리 사회는 또다시 이 해묵은 도식을 확인해야만 했다. 대통령 측근과 비선 실세들의 '국정농단'으로 온 나라가 백가쟁명百家爭鳴의 불길에 휩싸였다. 어느 지도자도 국민이 수긍할 만한 해결책을 내놓지 못할 뿐만 아니라, 더 중요하게는 귀를 기울일 만큼 신망을 쌓아온 지도자가 없다. 거리에, 매스컴에, 사람들의 입에 '플래카드'만 난무할 뿐 이 절체절명의 난국을 넘어설 '프로그램'을 볼 수가 없다. 비판만 있고 대안이 없다. 논리만 앞서고 신념이 부재한 시대, 정권적·정파적 욕심만 충일하고 국가적·민족적 비전이 퇴화한 시대의 모습이 오늘날 우리의 자화상이다.

박근혜 대통령과 그 측근들은 입이 열 개라도 할 말이 없다. 무엇을 얼마나 잘못했는가는, 도리를 따지고 법규를 적용하는 사문查問 담당자들의 몫이지 그들의 것이 아니다. 결자해지結者解之는 이런 경우에도 적용되는 말이다. 무엇을 지키고 무엇을 내려놓을 것인가를 궁구窮究하되, 그 방향성은 개인의 욕망을 버리고 국가와 공익을 생각하는 것이어야 한다. 뿐만 아니라 그와는 별개로 우리 모두가 대통령만 몰아세울 일이 아니라, 스스로에게 잘못이 없는지도 되돌아보아야 한다.

오늘의 박근혜 사태를 그 혼자서 만들었는가. 최태민이 암적인 존재라는 것이 알려진지 오래고, 그 일가가 부당하게 국정에 개입한 것도 오래되었다. 그동안 대통령을 보좌해 오면서 이 사실을 알고 묵인했던 공직자들은 깃털과 몸통의 구분 없이 모두 '동업자'들이고, 그래서 그 여럿이 법의 심판대에 섰다. 그러나 현행법으로 이 동류들을 얼마나 가려내고 어떻게 처벌할 수 있을지도 명확하지 않다. 하지만 절대권력 주변에 기생하는 잘

못된 공직의 행태를 끝까지 근절하지 못하면 이 힘겨운 고투가 값이 없다. 일제와 독재의 시기를 지나오면서, 제대로 과거 청산을 못했던 역사의 폐해를 다시 되풀이하지 말아야 한다.

나라의 정치를 일선에서 맡고 있는 여야 정당과 국회의원, 또는 소위 '잠룡'으로 불리는 정치인 가운데 이 난국의 해법을 내놓고 길을 제시할 만한 인물이 없다. 나라가 어수선할 때마다 역량을 발휘할 수 있는 인물, 신뢰를 축적한 인물, 준비된 인물이 없다는 말이다. 총선을 거치면서 집안싸움의 추한 면목을 적나라하게 드러낸 자유한국당(전 새누리당)은 공동의 책임이 있다. 비주류라고 해서 책임을 비켜갈 수 있는 것이 아니다. 통렬한 자기반성과 고백이 앞서야 한다.

나라의 위기를 앞두고 그 정쟁의 시대사를 공유해온 야당 또한 면색이 무너지기는 매한가지다. 지금까지 정치미숙아요 소아병적 대응으로 일관해온 방식은 차치하고라도, 충격적 난국 앞에 정돈된 관점을 보여주지 못하고 버벅거렸다.

여야 모두가 좀 정당답게, 정치결사체답게 합리적이고 설득력 있게 움직여야 한다. 그래야 이른바 '수권정당'을 말할 자격이 있다. 난국을 맞닥뜨린 여야 당사자 모두가 각성해야 한다. 또한 모든 언론이 사태를 객관적으로 분석하기보다 선정적 보도에 열을 올리는 행태를 근절해야 한다.

'국민' 또한 크게 잘한 것이 없다. 누가 표를 주어 선출한 대통령인가. 스스로의 선택을 후회하는 국민, 정치적 사안과 더불어 상대적 박탈감에 시달려야 하는 국민, 경제가 어려워 살기가 팍팍하고 출구 없는 청년실업에 한숨짓는 국민을, 모두 함께 생각하자. 지난 국정농단 사태를 그야말로 민족적 차원에서 오랫동안 심사숙고해야 할 이유다.

개인에게 있어야 할 인격은, 정치 세력에도 있어야 한다. 일찍이 도산 안창호 선생은 이렇게 가르쳤다. "그대가 나라를 사랑하는가. 그러면 먼저 그대가 건전한 인격이 되라." 이 상식적 인격과 균형 있는 정치의식, 성숙한 시민의식은 모두 같은 말이다.

우리는 여전히
'북핵'에 위험하다

1983년 KBS에서 '이산가족을 찾습니다'라는 역사적인 프로그램을 방영하던 해, 필자는 통일부 관련 '일천만이산가족재회추진위원회'라는 긴 이름을 가진 기구의 실무자로 있었다. 그로부터 꼭 20년 동안 남북 인적교류 분야의 업무를 맡았었고, 그 기구의 사무총장직을 떠난 14년간 유사한 사회활동 또는 북한 사회와 문학에 대한 연구를 지속해왔다. 그 짧지 않은 현장 경험에 비추어 보면, 북한 핵문제와 관련된 국제정세를 예의주시해야 한다.

북한이 언제라도 핵 도발을 감행한다면, 아마도 북한이라는 나라는 지구상에서 사라질 것이다. 북한 정권이 무너지고 70년간 3대에 이르도록 이어진 김씨 세습왕조의 권력도 찾을 길이 없게 될 것이다. 이는 북한의 군사력과 대척점에 서 있는 미국의 힘과 공언公言, 그를 둘러싼 국제적 역학에 근거한 판단이다. 그런데 문제는 북한 정권의 멸실에 있지 않다. 그러한 사태에 이르기까지 북한이 보유하고 있는 핵무기와 미사일들이 어디로 향하겠느냐가 문제다. '서울 불바다' 얘기는 여러 차례 들어서 감각이 무디어졌는지 몰라도, 북한이 궤멸되는 상황이 온다면 그 얘기가 단순한 위협이나 엄포에 그치지 않을 것이다.

지난 2016년 10월 21일 말레이시아에서 북미간의 극비 접촉이 포착되기도 했고 그다음의 여러 단계를 거치기도 했지만 여전히 안정적인 궤도를 찾지 못하고 있다.

북한이 스스로를 극단적인 궁벽의 지경으로 몰고 가지 않을 것이라고 추론해 보지만, 안심하고 걱정을 내려놓을 수 있는 형편도 아니다. 경우에 따라 일촉즉발의 벼랑 끝까지 갈 수 있는 사태이고 보면, 작은 심지를 잘못 건드려 화약고가 터질 수 있는 것이다. 북핵을 가운데 둔 국제적 위기구조에는 그러한 위험 요소들이 너무도 많다. 현재로서는 북한이 그 '불장난'을 중단할 절제가 없고, 미국을 위시한 기존의 핵보유국들은 이 사태를 용납할 의사가 없다.

그러한 힘의 견제가 이어지는 가운데 어떤 돌발변수가 발생할지 알 수 없는 일이다. 제2차 세계대전을 종전으로 이끈 히로시마와 나가사키의 핵폭탄 투하 이후, 인류는 아직 핵을 사용한 적이 없다. 그로부터 70년간 핵의 위력은 더욱 강화되었고 그것이 작동할 가능성이 가장 높아진 지역이 다름 아닌 한반도다. 어떤 수단과 방법을 가리지 않고서라도 핵전쟁은 막지 않으면 안 된다. 이 절체절명의 명제를 놓고 대화와 협상을 지속하는 가운데, 참으로 아슬아슬하기 그지없지만 우리는 여전히 무감각하다. 북한의 핵이 미국 본토를 겨냥하고 위협적인 존재가 되었을 때, 미국은 언제든 '행동'을 결심할 수 있다.

미국이 정확한 정보에 의거해서 판단하겠지만, 때로는 정보 자체가 작은 오류를 생산하거나 그 분석에 있어 미세한 착오를 불러올 경우, 또는 정치적 판단을 바탕으로 득실을 따질 경우에는 하룻밤 사이에 공격이 감행될 수 있다는 말이다. 1945년 일본에 떨어진 폭탄 두 발이 20만 명 이상의 목숨을 앗아갔으나, 일본은 전쟁을 도발한 잘못을 인정하지 않고 미국은 역사적 정의의 편에 서 있었다는 주장에서 물러서지 않는다. 사상자는 무고한 민간인일 뿐이다.

최근 미국 시카고국제문제협의회CCGA의 외교정책 여론조사에서, 미국인의 60퍼센트가 북한의 핵 프로그램을 중대한 위협으로 간주한다는 통계가 나왔다. 중요한 것은 미국 국민들이 북핵을 위협적인 존재로, 곧 미국 본토까지 공격할 수 있는 위험한 수준으로 보기 시작하면 미국 행정부와 군부의 인식도 결국 그 평가를 뒤따르게 된다는 점이다.

정작 애타는 것은, 막중한 사건이 도래할 때마다 우리가 주체적으로 대응할 수 있는 길이 많지 않은 데다, 그에 앞장서야 할 국가 지도층이 타성적인 명분싸움에 휘말려 있다는 현실이다. 정권적 정파적 차원이 아니라 민족적 국가적 차원에서 조속히 전열을 가다듬고, 위기의 순간에 국제 정세의 흐름을 판독하며 외교적 군사적 역량을 결집해야 한다.

　북핵 문제는 우선 북한과의 관계에 관한 것이지만, 그것을 풀어내는 해법은 결국 한반도 주변 열강과의 상관성에서 해답을 찾을 수밖에 없다. 강국이라고 해서 언제나 힘이 강한 것은 아니다. 약소국이지만 그 국민의 단합과 완강한 실행력으로 강대국을 넘어선 사례를 우리 주변에서 쉽게 찾아볼 수 있다. 제2차 세계대전 때 주변 강국에 둘러싸인 스위스는 '정신 방위'라는 기치 아래 온 국민이 하나가 되어 나치 독일의 침공 의지를 꺾었다. 1998년 3월 중국과 베트남 사이에 있는 남중국해 스프래틀리 제도의 6개 섬을 두고 교전이 발생한 일을 비롯하여, 여러 차례의 충돌에서 베트남은 굴하지 않았고 마침내 중국이 물러섰다.

　중국에 비하면 너무 작은 나라 싱가포르 또한 남중국해에 관한 입장에서 조금도 중국의 눈치를 보지 않는다. 이와 같은 일들은 우리가 미국이나 중국, 일본이나 그 외의 열강들과 상황을 어떻게 조율하고 북핵 문제에 어떻게 대응해야 할 것인가를 시사하는 타산지석이 된다. 우리 또한 주변 강국에 위축되지 않아야 하는 것은 당연하고, 더 나아가 이를 발전적으로 넘어설 국민적 의지와 실효성 있는 전략을 마련해야 한다. 북핵 문제는 어쩌면 'All or Nothing(전부 아니면 전무)'의 역학게임이라는 점을 명심해야 할 것이다.

'일본군 성노예'
문제를 기억하라

'일본군 위안부' 피해자 김복동 할머니가 2019년 1월 타계
했다. 이로써 정부에 등록된 생존자는 22명으로 줄었다. 그런데
이 엄중한 숙제를, 우리는 온 나라를 휩쓰는 정치권의 갈등 문제
로 자주 잊어버린다. 일찍이 영국 수상 처칠이, 그리고 한국 독
립운동가 신채호 선생이 한 가지로 말한, '역사를 잊은 민족에
게 미래는 없다'란 수사修辭가 무색하다. 위안부의 비극을 감성
적 심층에서 환기하던 영화 〈귀향鬼鄕〉도 매스컴에서 사라진 지
오래다. 좀 거칠게 말하자면, 이것은 우리 사회의 후진적 성향
을 대변한다.

아무리 정치판이 널을 뛴다 할지라도, 그 정치 이슈가 전국
의 여론을 점령해버리는 사태는 심히 걱정스럽다. 그래서 너나
없이 뒷전으로 밀어버리는 위안부 문제를 거론해볼 참이다. 우
선 이 '위안부'라는 어휘부터 고쳐야 한다. 특히 '종군 위안부'
는 일본 제국주의의 시각에서 만들어진 용어다. 정신대挺身隊 또

한 솔선하여 앞장선다는 뜻을 가졌으므로 전혀 옳지 않다. 가장 적합한 명칭은 국제사회에서 사용되고 있는 '일본군 성노예 Japanese Military Sexual Slavery'다. 말은 생각을 드러내는 창窓이다. 같은 말은 반복해서 사용하면 그 말이 마침내 주문呪文 효과를 나타내기도 한다. 정부건 아니면 국립국어원이건, 시급히 이 용어를 바로잡는 것이 옳다.

이 문제에 관한 논리적 토론에 있어서 한국은 일본 비판에 집중하지만, 그래서는 실질적 성과를 얻기 어렵다. 영화 〈귀향〉이 이끌어낸 공감대를 돌이켜보면, 목소리 높은 주장이 아니라 자연스럽고 설득력 있는 감동을 촉발하는 문화콘텐츠가 답이다. 공지영이 쓴 소설 《도가니》가 장애인 학교에서 벌어진 아동학대와 인권침해의 상황을 날카롭게 파헤쳤으나, 출간 당시에는 큰 반향을 불러일으키지 못했다. 그러나 영화로 제작된 《도가니》는 전혀 달랐다. 그 영화의 위력에 힘입어 은폐되었던 과거의 사건이 다시 검증되고, 부족한 대로 바른 방향의 처결을 볼 수 있었다. 전자매체와 영상문화의 대중전파력이 이성적이고 인격적인 지도력보다 훨씬 강력한 시대에, 성노예 사건을 테마로 한 여러 모양의 콘텐츠를 개발하는 것이 옳다.

중국 하얼빈 외곽에는 일본군이 중국의 민간인들을 포로로 하여 생체실험을 자행한 731 의무부대 박물관이 있다. 많은 사람들이 찾는 사적관史蹟館인데 부차적인 설명이 필요하지 않다.

그 전시 시설을 한번 둘러보면, 당대 역사의 실상이 손에 잡힐 듯 감각되기 때문이다. 이 사례만 참고해도 조속히 일본군 성노예 박물관을 짓는 것이 좋다. 일본과의 외교적 마찰이 문제라면, 민간 차원에서 국민모금으로 추진하는 방법도 있다. 일본은 히로시마와 나가사키에 원폭사망자 평화기념관을 세워놓았다. 그러나 전시실 어느 한구석에도 전쟁을 도발한 자국의 잘못은 기록하지 않았다. 다만 원폭으로 인한 사상死傷과 물질적 피해만 강조할 뿐, 그 내부적 역사 왜곡의 현장에 반성의 기미는 전혀 없다.

그렇기에 제대로 된 박물관이 필요한 것이다. 성노예 문제를 공유하고 국제사회에 제기할 연대시스템도 있어야 한다. 일본의 논픽션 작가 가와타 후미코는 재일 한인 할머니의 기록 《몇 번을 지더라도 나는 녹슬지 않아》에서, 일본군이 조직적으로 위안소를 운영했다고 기록했다. 일본에도 많은 양심적 지식인들이 있다. 전쟁에서 적군에 학대당한 아시아 연대회의와도 적극적으로 소통해야 한다. 독일이 나치의 잘못을 지속적으로 사죄하지만, 그 상처가 사라지는 것은 아니다. 국제적 연대의 역할을 감당할 만한 영향력 있고 전략적인 조직이 있어야 한다. 이렇게 목전의 과제가 산더미 같은데 눈앞에는 늘 이전투구의 정치 싸움이다. 이 오랜 숙제를 절실하게 인식하고 역사의 교훈을 온전히 지켜가기 위해 모두 겸허하게 반성해야 한다.

그동안 피해자 할머니들의 증언을 모아놓고 보면, 그 참혹함에 아연실색할 수밖에 없다. 이 실제적 참상을 모르고 객관적 정황에 대한 인도주의적 인식으로 문제를 해결하려 하면 당연히 여러 갈래의 의견이 나온다. 박물관을 지어 실상을 체계적으로 전시하는 한편, 소책자·화보·영상자료를 제작하여 누구나 쉽게 공유할 수 있도록 해야 한다. 더 나은 미래를 위해 일본과 선린 우호의 외교를 쌓아가는 것은 당면한 과제이지만, 역사의 진실을 구명하는 것은 별개의 사안이다. 한일 양국의 국민과 후대들이 역사적 진실을 함께 직시하고 그 바탕 위에서 반성과 화해의 의미를 분명히 하는 일이 우선시되어야 한다.

2015년 박근혜 정부가 협상 타결한 이 문제에 대한 여론은 대체로 부정적이었다. 피해자들이 생존해 있을 때 사과를 받아내고 보상을 시행한다는 긍정적 측면보다, 일본의 책임을 명확히 하지 않았다는 근본적 차원의 부정적 시각이 더 우세하다. 일본 내에서도 반응이 엇갈려 양국 관계의 진전에 대한 평가와 협상 결과에 대한 비난이 대립해 있다. 이 논란들은 성노예의 역사적 과거에 대한 객관적이고 정확한 자료가 광범위하게 알려졌더라면 한층 개선될 수 있었다. 아시아 곳곳에서 일본군에 끌려간 여성이 많은 줄은 누구나 알고 있으나, 그 숫자가 20만 명으로 추정되고 이제 그중 일부만 생존해 있다는 사실은 잘 모른다. 그 극한적 고통의 실체에 대해서도 그렇다. 지식으로 인지하는 것과 실상을 감각하는 것은 이해의 온도 차가 매우 크다.

합의 과정에서 피해자의 의견이 배제된 것은 실책이다. 일정이 아무리 급하더라도, 또 미국의 압박이 아무리 심하더라도 반드시 거쳐야 할 절차가 생략되었으며, 그로 인해 일본이 보여야 할 자국 교육 차원의 반성과 태도 개선의 여지조차 무망해져 버렸다.

한국 정치,
유머 감각을 배워라

제18대 대통령 선거가 한창이던 2012년 9월 8일, 지방 강연이 있어 부산으로 가는 아침 첫 항공기를 탔다. 마침 같은 편에 당시 대선 후보였던 문재인 대통령이 탔다. 대학 후배로서의 면식이 있어 반갑게 인사를 했다. 그는 부산의 당내 경선에 가는 길이었으나, 당시의 대세는 그가 야당 후보가 되는 것이 기정사실이었다. 공교롭게도 그날 한 일간지에 필자가 쓴 칼럼의 제목이 '대통령 후보, 창의적 유머를 보여라'였다. 신문은 항공기에 실려 있었고, 필자는 그 신문을 문 후보에게 건넸다.

칼럼은 세 가지 예화를 담고 있었다. 미국 대통령 선거에서 불리한 판세를 뒤엎은 기지와 재치를 말하는 두 개의 이야기는, 루스벨트와 레이건의 선거운동에 관한 것이었다. 그리고 백악관이 매우 당혹스러운 대민관계를 발전적으로 넘어선 하나의 이야기는, 조지 부시의 언어표현에 관한 것이었다.

지금의 여야 대치정국을 보면, 어느 누구에게서도 여유 있는 유머 감각을 찾아볼 수 없다. 상대방을 비판할 때는 생전 다시 안 볼 것처럼 사생결단의 언어를 쏟아낸다. 정치는 사람의 마음을 얻자는 것이다. 마음을 지키는 것은 강압적이고 매몰찬 언어, 태도, 행위로는 불가능하다. 봄바람이 한없이 부드러워도 그 가운데는 모든 생명을 복권하는 확고한 힘이 숨어 있다. 우리 정치 지도자들은 한 해의 경점更點을 넘어가는 지금, 참으로 심각하게 정치적 언어의 유머 감각에 대해 생각해 보아야 한다.

이 방면에 수완이 있었던 서양 국가원수 몇 사람을 예로 들어 보자. 딱딱한 이미지가 강한 '철의 여인' 대처 영국 수상이, 600명이 모인 한 만찬장을 웃음바다로 만들었다. "홰를 치며 우는 건 수탉일지 몰라도 알을 낳는 건 암탉입니다." 이 간략한 화법이 남성 중심의 보수적인 영국 사회에서 대처를 뛰어난 정치가로 만들었다. 자기주장이 강한 드골 프랑스 대통령에게, 정치 성향이 전혀 다른 한 의원이 말했다. "각하, 제 친구들은 각하의 정책을 마음에 들어 하지 않습니다." 그러자 드골이 응수했다. "아, 그래요? 그럼 친구를 바꿔 보세요." 이의異議를 제기한 상대를 부드럽게 압도하는 유머다.

미국 대통령 링컨에게, 에드윈 스탠턴이란 정적政敵이 있었다. 스탠턴은 저명한 변호사였고, 당시 애송이 변호사였던 링컨을 시골뜨기라 무시하고 모욕했다. 세월이 흘러 대통령이 된 링컨은 그를 육군 장관으로 불렀다. 참모들이 "원수를 없애버려야 하지 않느냐"라며 만류했다. 스탠턴은 링컨의 당선을 '국가적 재난'이라 공격했던 것이다. 그러나 링컨은 참모들을 이렇게 설득했다. "원수 맞아요. 원수를 마음에서 없애버려야지요. 그는 능력 있고 사명감이 투철한 사람입니다." 스탠턴은 남북전쟁 때 북군의 모든 군사조직을 통괄했다. 링컨이 암살당했을 때, 링컨을 부둥켜안고 가장 많이 통곡한 사람이 스탠턴이었다.

이와 같은 여유와 배려, 국면을 전환하고 생산성을 높이는 정치적 유머 감각은 어디서 오는 것일까. 맡은 일에 대한 분명한 사명감, 그것을 이룰 수 있다는 자신감에서 오는 것이 아닐까. 하나 더 있다. 이는 어쩌면 생래적으로 타고나는 것이 아닐까. 그런데 유머를 통해 관계성을 유화할 수 있는 자질이 부족하다면, 후천적으로 이를 습득하기 위해 애쓰는 수고라도 있어야 하지 않겠는가. '유머 감각이 없이는 지도자를 꿈꾸지 마라'라는 서구 속언이 가볍게 보이지 않는다.

우리 정치에는 정치행위만 있고 정치의식이나 정치문화는 찾아보기 어렵다. 자연히 상생을 꾀하는 참신한 아이디어, 격조 있는 관계 설정의 모형도 드물다. 그러나 지난 2016년에 있었던 촛불집회가 평화시위와 준법보장으로 큰 충돌 없이 끝날 수 있었던 것을 보면 우리 사회에 시위문화의 새로운 기로가 정착될지도 모른다. 그러고 보면 기실 여유와 유머 또한, 규정과 약속을 지키는 토양이 튼튼할 때 밝게 피어나는 꽃이라 할 수 있겠다.

역사의 거울,
광복 70년

　강연 여행차 미국의 큰 도시들을 돌면서, 문학 창작을 하는 사람들로부터 매우 뜻깊은 얘기를 들은 적이 있었다. 한국 사람들이 스스로에 대해 잘 모르는 것이 세 가지가 있다는 것이었다. 첫째는 한국이 얼마나 잘사는지를 모르고, 둘째는 한국에서 사는 일이 얼마나 위험한지를 모르고, 셋째는 인근의 일본과 중국이 얼마나 강한지를 모른다는 얘기였다. 우리가 일본과 중국에 대한 적대감을 갖고 있어 두 나라 사람들을 우습게 보는 경향이 있다는 논지였다.

　한국의 경제적 발전상황, 분단국가로서 북한으로부터의 위협, 주변국들과의 긴박한 갈등을 지칭하는 것이라면 이는 모두 맞는 지적이다. 근대사의 질곡 속에서 너무도 아프게 잃었던 국권을 회복한지 70여 년이 지났다. 그동안 나라는 온갖 간난신고艱難辛苦를 넘어서 세계무대에서 존재감을 확립하고, 한반도 주변의 열강이 함부로 무시할 수 없는 힘을 길렀다. 하지만 역사 과정을 돌이켜볼 때 반드시 해결했어야 할 미완의 숙제 또한 한두 가지가 아니다.

일본군의 무장 해제를 내세워 한반도의 남과 북에 진입한 미소 양군의 군사적 편의주의는, 다시 70년에 이르는 분단시대를 초래했다. 우리는 동족상잔의 엄혹한 전쟁을 겪어야 했으며 지금도 극단적인 대립과 갈등 속에 살고 있다. 홍안의 어린 소년이 백발성성한 노인이 되도록, 전쟁으로 인해 남북으로 헤어진 가족을 만날 수 없고 생사를 확인할 길도 없다. 한민족의 분단 현실은 단순한 민족의 슬픔이 아니라 금세기 인류의 참담하고 상징적인 비극이다.

아시아와 태평양의 여러 지역에 걸쳐 온갖 악행을 저지른 일본은, 패전 70년이 되어서도 반성의 기미가 없다. 정확하게 말하면 일본의 평화헌법을 지키려는 양심적인 지식인들이나 예의 바르고 남에게 폐 끼치기 싫어하는 선량한 국민이 아닌, 극우 국수주의 아베 정권과 그 추종세력이 당사자다. 일본을 탓하고 국제 도의를 주장하는 것으로는 큰 의미가 없고 해결의 방책을 구할 수도 없다. 과거사의 진실 규명이라는 명분의 차원도 중요하지만, 더는 일본에 당하지 않고 상호관계를 선도하는 실력을 키워 후대에 물려주는 실질의 차원이 보다 중요하다.

한국을 방문한 중국의 시진핑 주석은 한중 양국을 형제의 나라라 불렀다. 고대 이래 중국은 우리를 침략하고 압제한 전력이 있을지언정 서로 돕는 형제의 우의를 보인 적이 없다. 현재 수행 중인 중국의 동북공정은, 과거의 침탈을 희석하고 미래의 국익을 위한 것이지 고대사 바로 알기의 방식이 아니다. 일본과 마찬가지로 중국 또한 새로운 패권주의의 대두를 예표할 뿐 동북아의 안정이나 선린우호의 전망과는 거리가 멀다. 그들이 지향하는 것은 강국Strong Nation이지 대국Great Nation이 아니다.

남북 간의 분단 상황을 해소하기 위해서, 그리고 주변국과의 역사 및 국토 분쟁을 넘어서기 위해서, 우리는 그야말로 제2의 전쟁종식운동, 제2의 독립운동에 나선다는 각오를 다져야 한다. 70년 세월이 해결하지 못한 이 치명적이고도 해묵은 난제를 척결하는 데 눈을 돌리겠다면, 이제는 나라 안에서 자기 이익에 따라 당을 가르고 아무짝에도 쓸모없는 논리로 정쟁을 일삼아서는 안 된다. 이 중차대한 시기의 국가 지도자들도, 마침내 후세의 사필史筆로부터 평가받을 시기가 올 것이다.

그렇기에 하는 말이다. 역사를 시대의 거울이라고 한다면, 나라를 잃은 국치의 시기에 나라를 팔아먹은 자들이 어떤 행동을 했고, 나라를 되찾으려 목숨을 걸었던 이들이 어떻게 자신의 삶을 던졌는지 그 거울을 통해 성찰해야 한다. 그리고 오늘의 지도자들과 국민들이 공히 각자의 생각과 행위를 거기에 비추어 봐야 할 때다.

옛 시에서
새 길을 찾다

올겨울은 예년에 비해 그렇게 춥지 않다. 그래도 겨울은 겨울이어서, 절기는 우수를 지나 경칩으로 가고 있다. 알베르 카뮈는 〈여름〉이란 산문에서 "겨울 한복판에서 결국 나의 가슴속에 불굴의 여름이 있음을 안다"라고 썼다. 이 반역적 상상력과 더불어 엄동설한의 시 한 편을 떠올려 본다.

"이 몸이 죽어 가서 무엇이 될고 하니 / 봉래산 제일봉에 낙락장송 되었다가 / 백설이 만건곤할제 독야청청하리라." 익히 알려진 성삼문(1418-1456년)의 옥중시조다. 세조의 위협에 굴하지 않고 목숨을 던져 절조를 지켰다. 유학의 정명주의正名主義를 그 정신으로 확립하고 또 육신으로 체현한 하나의 전범, 그렇기에 이 시조에는 '투사 성삼문'의 면모가 약여하다.

그런데 다음의 오언절구 시 한 수를 더 읽어 보자. "격고최인명擊鼓催人命 / 서풍일욕사西風日欲斜 / 황천무객점黃泉無客店 / 금야숙수가今夜宿誰家." 한글로 풀어쓰면 이렇다. "북소리 내 목숨을 재촉하는데 / 서녘 바람에 지는 해가 기울어 가네 / 황천으로 가는 길에 주막 하나 없다는데 / 오늘 밤은 어디서 잠을 이룰고." 성삼문이 형장의 이슬로 사라지던 순간에 남긴 절명사絶命詞, 곧 임사부절명시臨死賦絶命詩라 알려진 한시의 명편이다.

이 이름 있는 시문 가운데 앞서 시조에서 보았던 '투사 성삼문'을 발견할 수 있는가? 그는 어느 결에 사라지고, 숨이 막히도록 처연하고 감회가 넘치는 시의 문면에 '시인 성삼문'만 남아 있다. 시인 성삼문이 있고서야 투사 성삼문이 가능하리라는 인문적 사고와 정신주의의 개가凱歌! 우주와 세계를 바라보는 시각이 탈속의 수준에 도달했다면, 실제적 삶의 태도와 행위는 오히려 명료하고 유연할 것이다. 모든 기능과 방법은 사고와 인식의 결과다.

시인 성삼문의 유학적 세계관이 어느 순간 급작스럽게 만들어진 것이 아니며, 그것이 갖는 자기 체계의 지속성 아래 투사 성삼문은 그 부분집합에 해당한다. 이때의 시인은 대개 투사일 수 있으되, 투사가 모두 시인이기는 어렵다. 참으로 감당하기 벅찬 상대는, 현실적인 어려움이나 단기 목표에 시선을 두지 않고 성삼문이 가졌던 그 확신에 명운을 거는 사람이다. 이러한 시인으로서의 수순이 제대로 작동한다면 투사가 되는 일은 바늘 가는 데 실 가기다.

우리가 함께 형성하고 있는 공동체의 미래에 푸른 등불을 내거는 방식도 이와 크게 다르지 않다. 그것은 고색창연하지만 여전히 효용성이 큰, 투사와 시인을 함께 바라보는 중용의 미덕을 오늘의 삶에 적용하는 방식이기도 하다. 이 상호배타적이면서도 동시에 보족적인 개념을 대입하여, 비판적으로 보아야 할 현실의 면모는 너무도 많다.

한국 현실 정치는 가파르게 '투사'의 길로 치닫고 있다. 그 길에 선 이들의 눈에는 전의戰意만 가득하다. 여야 상호간의 관계는 고사하고, 각 정당 내부의 국면에서도 마찬가지다. 국민을 바라보며 소통과 조정이 작동해야 할 자리에, 이를 가능하게 할 '시인'의 국량局量이 없는 것이다. 참으로 해묵은 우리 정치의 숙제다.

한국 경제는 이미 오래전에, 자신을 중산층이라고 생각하는 사람들을 외면했다. 극심한 빈부 격차와 소득의 불균형 현상이 저소득층의 몰락과 중류 계급의 파산을 선고했다. 중산층의 경제 활동이 살아 있고 그 층이 두터워야 건강한 사회 구조를 형성한다. 우리 경제가 성장 동력보다 더 공들여 보살펴야 할 지점이다.

오늘의 우리 사회 곳곳에 이와 같은 양극화 현상이 편만해 있다. 그 완충장치로써의 존중과 배려가 '투사'에게는 없다. 그렇기에 인문적 상상력과 정신주의의 포용력을 거느린 '시인'을 되살리는 데 모두가 인식의 초점을 같이해야 할 때다. 그리고

보면 600년 전 시인의 시 한 편을 주의 깊게 읽는 일이 단순한
한겨울의 소일거리가 아닌 터이다.

문화브랜드로 역사를 쓰다 | 고성신문, 2018. 8. 24.

디지털 시대의 생활문학, 디카시 | 고성신문, 2018. 6. 1.

한중 문화교류의 소중한 의미 | 중앙일보, 2017. 10. 29.

모국어의 뿌리를 지키며 | 중앙일보, 2017. 8. 27.

역사, 어떻게 기록될 것인가 | 중앙일보, 2017. 1. 15.

'제2의 한강'과 번역가의 집 | 중앙일보, 2016. 5. 30.

한글문학, 해외에서 꽃피다 | 중앙일보, 2016. 2. 1.

한국문학 세계화의 길 | 중앙일보, 2015. 11. 29.

우리 문학의 새로운 흐름을 읽다 | 미국 듀크대 발표, 2015. 11.

북한문학의 어제와 오늘 | 미국 애리조나주립대 강연, 2015. 11.

통일, '문화'에 답이 있다 | 2014. 12.

문학가로 살아온 값진 시간 | 본질과현상, 2018. 봄호

개성, 황진이에서 홍석중까지 | 세계일보, 2018. 5. 5.

책은 펴기만 해도 유익하다 | 세계일보, 2018. 3. 31.

호생지덕(好生之德)의 글쓰기 | 2018. 3.

고향을 생각하는 마음 | 고성신문, 2018. 3. 9.

'향토문학'의 길을 묻다 | 2017. 4.

봄의 심성으로 정치를 한다면 | 중앙일보, 2017. 3. 5.

소나기마을에서 문학의 미래를 보다 | 문화일보, 2016. 2. 12.

짧은 시, 긴 여운을 남기다 | 중앙일보, 2015. 10. 30.

탄생 100주년, 한국문학의 큰 별들 | 매일경제, 2015. 11. 5.

내일이 없는 사람처럼 부지런하라 | 2014. 12.

먼 북방에 잠든 한국의 역사 | 고성신문, 2018. 7. 27.

문명비평의 큰 별을 기리며 | 2017. 3.

한 역사문학가의 아름다운 임종 | 중앙일보, 2016. 4. 24.

삶의 경륜이 문학으로 꽃피면 | 문학의집서울, 2016. 4.

고난을 기회로 바꾼 사람들 | 중앙일보, 2016. 1. 31.

드림과 나눔과 섬김의 길 | 미주한국일보, 2016. 1. 27.

이 가을, 황순원 선생이 그립다 | 중앙일보, 2015. 9. 13.

아직 남은 세 가지 약속, 시인 김종철 | 문학수첩, 2015. 4.

황순원과 황석영의 뜻깊은 만남 | 매일경제, 2015. 3. 20.

인사(人事)가 만사(萬事)다 | 매일경제, 2014. 12. 31.

시간을 저축해둔 사람은 없다 | 서울신문, 2011. 5. 19.

미(微)에 신(神)이 있느니라 | 경남도민신문, 2019. 4. 7.

놀랍지 않으면 버려라 | 고성신문, 2018. 5. 4.

소신을 지키며 산다는 것 | 중앙일보, 2018. 1. 21.

문학 가운데 '사람'이 있다 | 중앙일보, 2017. 12. 3.

약한 것으로 강한 것을 이기려면 | 중앙일보, 2017. 9. 24.

약속을 남발하는 나라 | 세계일보, 2018. 7. 14.

5차 산업혁명을 기다리며 | 중앙일보, 2017. 7. 9.

교육 백년대계를 잊은 행정 | 중앙일보, 2016. 9. 4.

부끄러운 부자들의 나라 | 중앙일보, 2016. 2. 28.

건전한 상식이 재난을 이긴다 | 세계일보, 2015. 7. 28.

노블레스 오블리주를 상실한 시대 | 세계일보, 2015. 2. 4.

문학의 힘을 키우는 일은 | 고성신문, 2018. 10. 19.

400년을 가로지르는 혁신적인 글쓰기 | 세계일보, 2018. 8. 18.

낮은 곳으로 먼저 내려가라 | 중앙일보, 2017. 12. 24.

역사를 읽지 않는 나라, 미래는 없다 | 중앙일보, 2017. 4. 2.

낮고 겸손한 마음으로 | 중앙일보, 2016. 12. 18.

존경받는 정치가가 있는 나라 | 중앙일보, 2016. 11. 20.

우리는 여전히 '북핵'에 위험하다 | 중앙일보, 2016. 10. 30.

'일본군 성노예' 문제를 기억하라 | 중앙일보, 2016. 7. 17.

한국 정치, 유머 감각을 배워라 | 서울신문, 2015. 12. 8.

역사의 거울, 광복 70년 | 중앙일보, 2015. 8. 9.

옛 시에서 새 길을 찾다 | 경남도민신문, 2015. 7.

삶과 문학의 경계를 걷다 김종회 문학담론

1판 1쇄 인쇄 2019년 4월 30일 **1판 1쇄 발행** 2019년 5월 15일

지은이 김종회
펴낸이 고세규
편집 이승희
발행처 김영사
주소 경기도 파주시 문발로 197(문발동) 우편번호 10881
등록 1979년 5월 17일(제406-2003-036호)
구입 문의 전화 031)955-3100 **팩스** 031)955-3111
편집부 전화 02)3668-3292 **팩스** 02)745-4827 **전자우편** literature@gimmyoung.com

비채 카페 http://cafe.naver.com/vichebooks **인스타그램** @drviche **카카오톡** @비채책
트위터 @vichebook **페이스북** facebook.com/vichebook
ISBN 978-89-349-9568-5 03810 책값은 뒤표지에 있습니다.

비채는 김영사의 문학 브랜드입니다.
이 도서의 국립중앙도서관 출판시도서목록(CIP)은 서지정보유통지원시스템 홈페이지
(http://seoji.nl.go.kr)와 국가자료공동목록시스템(http://www.nl.go.kr/kolisnet)에서
이용하실 수 있습니다. (CIP제어번호: CIP2019016751)